CONTESA TRA DUE "PAPARINI"

LEE SAVINO

CONTESA TRA DUE "PAPARINI"

Due paparini sono meglio di uno... /

Sono presa tra due fuochi: due "paparini" dominanti, amicissimi tra loro, che però competono sempre su tutto. Sia Orso che Sawyer hanno muscoli da vendere, ma vogliono sapere chi dei due sia meglio a letto. E vogliono che sia *io* a giudicarlo.

È una gara tra di loro e loro sono le regole, ma nel gioco anch'io faccio la mia parte. Dentro e fuori dal letto sono loro a condurre le danze, e disobbedire comporta delle conseguenze. Piacevolissime conseguenze.

Con l'avvicinarsi del round finale e la posta in gioco che si è alzata, spero che questo non sia più soltanto un gioco.

Mi sto innamorando, molto velocemente, e non credo di avere altra scelta.

Entrambi prevedono di vincere. Ma chi dei due sarà disposto a dare il tutto per tutto?

CAPITOLO 1

"*E* questo è il motivo per cui mai e poi mai andrò più a letto con un uomo," proclamo posando con cautela il bicchiere sul bancone, perché lo vedo sfocato e non del tutto orizzontale. Mi acciglio. Il bancone era in piano quando sono entrata.

"Mai più?" Il barista si china verso di me. È un surfista con la pelle abbronzata, capelli biondi lunghi fino alle spalle e occhi azzurri scintillanti.

Peccato che abbia deciso di non uscire più con nessuno.

"Mai più," confermo.

"Che peccato," esclama una voce rombante da sopra la mia testa.

Alzo gli occhi. Poi li alzo ancora. E ancora un po'. Stagliato davanti a me c'è il ragazzo più grosso che abbia mai visto, corredato da una maglietta senza maniche stretta sugli impressionanti pettorali. Non riuscirei a tenere tra due mani uno dei suoi bicipiti tesi.

"Wow," dico senza respiro. Muovo la testa avanti e indietro tra lui e il barista fichissimo. Uno sembra un modello da sfilata di costumi da bagno, e l'altro sembra uscito dalla copertina di una rivista maschile sul sollevamento pesi. Perché accidenti non si sono fatti vedere un'ora fa? Prima che decidessi di eliminare per sempre gli uomini dalla mia vita. "Una bottiglietta d'acqua per la signora," romba la voce del nuovo arrivato. Il bar è scarsamente illuminato, il viso del ragazzone è rischiarato dalla luce tremolante di alcuni schermi TV.

"Sei bello alto," gli dico.

In tutta risposta inarca un sopracciglio. Rimango un attimo incantata a guardargli la linea della mascella e le labbra perfette.

"Sei anche..." ci penso su un attimo, "bello grosso."

Il suo volto si apre in un sorriso.

"In ogni caso, come stavo dicendo," alzo un dito per esprimere meglio il mio punto di vista. "Si dà un'importanza esagerata al fatto di andare a letto coi ragazzi."

"Si direbbe che non hai ancora trovato il ragazzo giusto," commenta il barista fico. Lui e Mister Muscolo si scambiano un'occhiata.

"Esatto," esclamo tutta allegra. "Ma va benissimo così. Mi prenderò un vibratore. Di quelli belli grossi." Allargo le mani per mostrare la lunghezza che deve avere. "Fidanzato a batterie. F-A-B. Un grande... Fab."

"E pensi che con Fab funzionerà?" chiede il barista.

Annuisco convinta.

Si china ancor più verso di me, con gli occhi azzurri maliziosi. "Allora devi tornare e farmi un rapporto completo."

"Perché?" faccio io inclinando la testa. "Vuoi comprartene uno anche tu?"

Il barista si gira dall'altra parte per nascondere una risata. "Questo è meglio che guardare la televisione," dice al nuovo arrivato, che è d'accordo con lui. Qua dentro quasi tutti stanno giocando a biliardo o guardando qualche importante partita alla TV, ma i due sono totalmente concentrati su di me.

Appoggio le mani sul bancone, sentendomi riscaldare per il complimento.

Il barista porge una bottiglietta d'acqua al ragazzone, che la apre e me la offre. Il ragazzone sta ancora sorridendo. È come se potessi sentirlo mentre pensa dentro di sé a quanto sono carina. Mi squadra mentre ingoio un po' d'acqua e per poco non rimango soffocata.

"Con calma, piccola," mormora, facendo rimbombare la voce sul mio orecchio. Brividi. I suoi bicipiti praticamente sono grossi come la mia testa. Mi immagino noi due in orizzontale, con me che scivolo sulla superficie dura del suo corpo, le mie curve morbide che si plasmano adattandosi ai suoi muscoli.

No. Eh, no. Non deve succedere.

"Non infrangerò il mio giuramento!" Cerco di sbattere la mano sul bancone. Qualcosa ci si rovescia sopra. Fisso la bottiglietta d'acqua ormai mezza svuotata che mi ero dimenticata di avere mano. "Ops."

"Non ti preoccupare." Il barista fico asciuga con uno strofinaccio e il ragazzone avvicina il viso al mio.

"Perché no, piccola?"

Piccola. Mi piace. Cos'è che stavo dicendo?

"I ragazzi sono delle pompe. E vogliono che tu gli faccia delle pompe. Ma non ti danno mai ni..." Mi viene un singhiozzo. "...niente in cambio." Lo so per esperienza personale. Jerry non era uno che avrebbe potuto prendere dei premi in camera da letto, ma come io posso imparare a succhiare un cazzo, non poteva almeno provare a trovare il mio clitoride?

"Non è così difficile da trovare," dice il barista, e mi rendo improvvisamente conto di aver pensato ad alta voce. Normalmente arrossirei, a essere così sincera.

3

"Per i ragazzi è così facile venire che non ci provano nemmeno."

Il nuovo venuto sembra intrigato. "Quelli giusti lo fanno."

Il barista annuisce.

"Anzi," continua il ragazzone, "un ragazzo di quelli giusti si assicura che la signora venga per prima, e poi venga anche una seconda e una terza volta."

La mia bocca si spalanca.

"È vero," conferma il barista con un lampo che gli attraversa gli occhi azzurrissimi.

"Quello è impossibile," dico senza fiato.

"Non hai mai avuto orgasmi multipli?"

"Non sono venuta nemmeno una volta con un ragazzo." Con i miei primi, pochi, partner, ho finto per non urtare i loro sentimenti. Con Jerry, neanche quello.

"Cosa?" Il barista mi fissa.

Il ragazzone si gira sullo sgabello invadendo il mio spazio, si china su di me guardandomi con aria assorta. "Davvero, piccola? Mai?"

"Proprio mai." Sostengo il suo sguardo per un istante. Mi sto dimenticando di qualcosa. Aggrotto la fronte, cercando di ricordarmi cosa. "Come ti chiami?" chiedo al ragazzone.

"Orso."

"Orso" ripeto. "Orsetto di peluche?"

"No, Orso e basta."

"Orso come in 'È grande e grosso come un orso'," si inserisce il barista.

"Be', un nome appropriato," faccio io, chinandomi indietro per guardare meglio il grosso Orso. Se provassi ad abbracciarlo, sarebbe una sfida riuscire a stringergli le braccia attorno.

Questa volta il barista non si preoccupa di nascondere la risata. "Evie, dove ti eri nascosta prima?" Gli ho detto il mio nome? Devo averlo fatto. Piego la testa di lato mentre lui si allunga sopra al bancone per sistemarmi una ciocca di capelli dietro l'orecchio. I suoi riccioli biondi sono così lunghi che potrei fare la stessa cosa con lui. E infatti la faccio. Scuote la testa, ridacchiando.

"Domani sera offro io da bere," mi fa l'occhiolino.

"Oh, non bevo spesso," dico di sfuggita. Sta cercando di flirtare con me? Non so bene cosa dire. "È che ho avuto una brutta giornata e avevo bisogno di distrarmi un po'." Non sono uscita per molto tempo con Jerry, ma lasciarsi non è mai facile. O forse avevo bisogno di scacciare via le sue ultime parole crudeli.

Parlare con questo barista così fico mi curerà le ferite. È tutto fascino e sorrisi, con quei capelli biondi così lucenti, un raggio di sole in un bar buio.

"Forse hai bisogno di scaricare un po' la tensione." Mi sorride, e dentro di me qualcosa guizza. Da-dan: *sta* effettivamente flirtando. Di solito arrossirei e poi scusandomi me ne andrei, ma adesso non più. Ho chiuso per sempre con gli uomini. Non me ne frega più niente.

"Cosa suggeriresti?" Giochicchio coi miei capelli. Carina e timida, io sono così.

"Qualcosa posso trovarlo," inizia a dire il barista quando Orso si schiarisce la voce. Il ragazzone è rimasto a osservarci con attenzione.

"Non stasera," dice, fissandomi con uno sguardo che ha del severo.

"Uff," sbotto, mettendo il broncio.

"Non stasera," conferma il barista. "Ma più avanti. Ci staresti a fare un giochino con noi?"

"Certo." La mia voce sembra un po' ansimante. "Mi piacciono i giochi."

"Ottimo." Il barista lancia un'occhiata a Orso, che ha l'aria assorta. "Cosa c'è?" dice al suo cliente. "È perfetta." Mi sale un piccolo fremito, e lui torna a rivolgersi a me.

"Uno di noi due ti chiamerà." Uno di noi due? Ma cosa avrà in mente? Cos'è, una specie di doppio, come nel tennis?

Alla TV, un giocatore fa qualcosa di buono con la palla per la sua squadra, e gli avventori del bar che stanno guardando scoppiano in grida esultanti. Batto le mani insieme a loro, godendomi l'atmosfera sportiva. In una situazione normale sarei a casa a leccarmi le ferite e mangiare cibo-spazzatura, dicendomi che dovrei iniziare una dieta per potermi trovare un ragazzo decente, ma l'ultima conversazione con Jerry mi ha fatto così inviperire che ho mollato l'auto nel parcheggio di questo bar sport e mi sono infilata dentro.

"E allora, di che gioco si tratta?" chiedo mentre torna la calma. "Tipo biliardo?"

"Ti piace il biliardo, dolcezza?" chiede Orso. *Dolcezza.* Che carino.

"Non ci ho mai giocato. Però vi devo avvertire; sono un disastro in quasi tutti i giochi."

"In questo non sarai un disastro. O, se vogliamo, più ci darai dentro e più godrai." Il barista mi fa l'occhiolino.

Ohohhh. Annuisco e cerco di assumere un'aria da donna vissuta. "È un gioco sessuale." Cerco di fare anch'io l'occhiolino al barista, e invece sbatto le palpebre.

"Domani," esclama il ragazzone con fermezza, più parlando al barista che a me. "Ne parleremo domani quando tutti avremo la mente più fresca."

"Okay. Io devo andare adesso." Scendo dallo sgabello e aspetto un attimo che la stanza smetta di girare, prima di frugare nella borsa per cercare il portafoglio.

Le grandi mani del grosso Orso mi vengono in soccorso per tenermi in piedi.

"Offro io," dice facendo un cenno al barista, che conferma con il capo. "E ti chiamo un taxi."

"Oh, non ce n'è bisogno, posso prendere un Uber." Mi scappa un singhiozzo.

"Un taxi," romba la sua voce mentre si gira verso il barista. "Chiama Max." Il biondo annuisce e si dirige al telefono.

"Chi è Max?" chiedo. Vorrei tanto potermi ricordare la cosa che non dovevo dimenticare.

"Un taxista di cui mi fido. E quando arrivi a casa, prima di andare a letto, devi bere altra acqua."

Faccio un tentativo di alzare gli occhi al cielo. "Sì, paparino. Verrai a rimboccarmi le coperte?"

"Non questa volta."

Una vampata di rossore parte, allargandosi dal petto e salendomi su dal collo.

Quando arrivo alla porta mi giro sui tacchi e guardo indietro. Orso mi è alle calcagna. Dietro di lui, il barista mi saluta con la mano. Restituisco il saluto. Due gran fichi in una sola sera. Peccato aver fatto un giuramento.

"Qualcuno sa che sei qui?" chiede Orso. "Qualcuno che puoi chiamare quando arrivi a casa?"

"Ehhm... no."

"Dammi il tuo cellulare." Il mio cellulare scompare nella sua manona. Finisce di memorizzare il suo numero mentre arriva il taxi. "Ecco fatto. Mandami un messaggio quando sei a casa." Mi accompagna al taxi e mi apre la porta. "Aspetta che entri a casa," istruisce Max.

"Certo, Orso." Si fermano, e mi rendo conto che Orso sta dando a Max alcune banconote.

Apro il finestrino. La pioggia mi colpisce il viso, svegliandomi un po'. La cosa che dovrei ricordare continua a ronzarmi in qualche punto sperduto della testa.

Orso finisce di pagare la mia corsa e si china su di me.

"Ricordati di messaggiarmi," dice imperioso. "Ti chiamo domani."

"Mi chiami? E perché?"

Inclina leggermente la testa di lato. "Per vedere come stai."

"Non devi sentirti in obbligo."

"Lo faccio volentieri."

Mille pensieri sfrecciano e urlano, ma continuo a non capire. "Be'... grazie."

"Nessun problema, piccola," mormora. "Il piacere è tutto mio."

"Anche mio." Ops, un po' troppo sfacciata. Sbatto le palpebre per nascondere la libidine che c'è nei miei occhi. "Ciao."

"Ciao, piccola."

L'auto parte e io saluto. Non posso impedirmi di sentirmi riempire da un fiotto caldo, sapendo che Orso è rimasto sul marciapiede per guardarmi partire.

* * *

ALLE DIECI E un quarto di martedì, il parcheggio del centro commerciale è quasi vuoto. Il che è positivo, perché significa che non saranno molti i testimoni del mio attacco di panico pre-shopping.

Succede sempre così. Tremore, sudori freddi. Rimango seduta sull'auto, desiderando ardentemente di andarmene. I postumi della sbornia non aiutano. Non so se la sensazione di malessere allo stomaco dipenda da una più che giustificata nausea o dal terrore.

Il mio telefono si illumina e parte la marcia imperiale di Star Wars.

"Fantastico," borbotto prima di rispondere. "Ciao, zia Jen."

"Evangeline," dice con voce squillante e io sussulto sentendo il mio nome completo. "Ce l'hai un vestito da metterti?"

"Stavo giusto andando adesso a fare shopping."

"Splendido!" Tengo il telefono lontano dall'orecchio mentre lei continua a blaterare a tutto ritmo e a volume altissimo. "Ricordati, qualcosa di nero. Il nero va benissimo per te: snellisce. Ma lo sai anche da sola, certo." Fa una risata falsa. "Lo so che la famiglia si aspettava che facessi la damigella d'onore ma francamente, un motivo floreale su base crema… be', non c'è bisogno che te lo dica. I motivi a fiori non sono il massimo neppure per chi è appena appena sovrappeso. E poi in foto si sembra sempre almeno cinque chili di più."

"Sì, zia Jen, ho capito." Sono grassa. Non è la prima volta che lo mette in evidenza.

"È proprio un peccato che la dieta che ti avevo consigliato non abbia funzionato. Genevieve avrebbe adorato averti come damigella."

Mia cugina Genevieve, la cocca di tutta la famiglia. Siamo nate lo stesso giorno ma non avremmo potuto essere più diverse. Lei è perfetta. Reginetta di bellezza. Reginetta del ballo della scuola. Adesso sarà la prima di noi due a sposarsi. Naturalmente, tutti gli altri cugini sono maschi e più giovani, il che rende ancora più evidente il mio fallimento.

Non dovrebbe essere una competizione, ma in realtà lo è.

"Non ti preoccupare, troverò un vestito. Se qualcuno si chiederà come mai sia vestita di nero a un matrimonio, dirò loro che i motivi floreali mi fanno somigliare a un divano."

"Oh, Evangeline, sei sempre così spiritosa." Un'altra falsa risata. O magari è una vera risata. In ogni caso sembra falsissima. "Ricordati, il nero è il tuo colore. Ciao, ti lascio adesso."

Riattacca e io scendo dall'auto, sbattendo la portiera. Com'è possibile che sia stata mia cugina l'unica della nostra generazione ad accaparrarsi tutta la grazia, il portamento, la bellezza, oltre a un metabolismo che potrebbe bruciare persino un muro di mattoni? Sarebbe più sopportabile se zia Jen non considerasse la cellulite peggiore di una fedina penale sporca. Non ha alcuna importanza che nel complesso io sia una persona più che presentabile. Non appena ho superato la taglia 40 sono diventata ufficialmente la pecora nera della famiglia.

Meno male che il nero snellisce. Le pecore nere sembrano meno grasse di quelle bianche? Che poi, le pecore possono essere grasse? O lo sembrano perché hanno addosso tutta quella lana?

Attraverso a passo pesante l'ingresso del gigantesco grande magazzino, già desiderando di poter evitare lo shopping e andare dritta al chiosco dello yogurt gelato.

"Posso aiutarla?" Una commessa mi zompa praticamente addosso.

"Sto solo guardando." Continuo a rovistare tra gli abiti appesi e la commessa si allontana dalla mia faccia immusonita. Dopo pochi minuti trovo due vestiti - neri - che potrebbero essere adatti, e mi affretto al temuto camerino. Non sono mai stata amica degli specchi, ma quelli dei camerini sono i peggiori. Sono più che sicura che siano tutti deformati per aggiungere centimetri attorno ai miei fianchi. Non hanno mai mancato di farmi sentire delusa di me stessa. Finisco per spergiurare che comincerò una di quelle diete assurde che mi ridurrà in uno stato pietoso per i morsi della fame, fino a che entro in un Häagen-Dazs piangendo a dirotto. Questo mi dà un motivo in più per odiarmi.

E adesso sono dentro a un grande magazzino in lacrime. Patetica.

Il telefono squilla di nuovo e tiro un sospiro di sollievo sentendo la suoneria normale. Come dire, salvata dal gong.

Il nome che appare sullo schermo non mi è familiare, ma vedendolo i miei neuroni entrano in agitazione: Orso.

"Pronto?"

"Ciao, piccola." Voce profonda, rombante, quasi suadente. Ah, già, la memoria sta tornando. Io, un bar, troppa tequila, un ragazzo con dei bicipiti così enormi che si potrebbero vedere da una navicella spaziale.

"Orso?" dico con voce gracchiante.

"Sì, piccola. Stai bene?"

"Ehm... sì?"

"Non hai mandato un messaggio."

Messaggio? Avrei dovuto...

Ooooh. Mi aveva chiesto di messaggiarlo.

"Scusa, mi... sono addormentata. Però l'acqua l'ho bevuta!" dico con voce roca. Voglio che sappia che ho fatto come mi ha detto.

"Brava." La sua approvazione mi fa riscaldare tutta.

"Grazie per... esserti preso cura di me."

"Nessun problema."

"Vorrei solo dirti che... non sono così di solito. Non bevo mai in quel modo in un luogo pubblico."

"Stai tranquilla, piccola. Non c'è niente di male a lasciarsi andare una volta ogni tanto."

"Sì, è così che è andata, in effetti," dico in fretta. "Ho avuto una giornata terribile. Mia cugina sta per sposarsi e io sono felice per lei, solo che lei sta riuscendo nella vita e io invece no." Mentre parlo, mi copro il viso con la mano libera. Il rossore mi sta salendo dal collo, diffondendosi a macchia d'olio. Devo smetterla. Ma c'è qualcosa in questo ragazzo che mi fa venire voglia di... confidarmi con lui.

"Perché mi racconti queste cose?" Nella sua voce profonda non c'è traccia del fatto che le mie storie patetiche lo stiano annoiando.

"Perché è la verità. Abbiamo la stessa età. Io sono sempre stata paragonata a lei e non ne sono mai venuta fuori bene. Per esempio," prendo un bel respiro, "lei è una reginetta di bellezza e io... be', io sono quello che sono."

Silenzio.

Sì, lo so, è umiliante. Ma io con i ragazzi ho chiuso e non

è che lui mi chiederà di uscire, perciò posso dire tutto quello che voglio. "E lei si sposa, mentre io mi sono appena lasciata con il mio ragazzo."

"Non mi è sembrato uno per cui valesse la pena."

Per un attimo mi sento confusa. Gli ho parlato del mio ex? Poi tutta la conversazione della sera prima mi torna in mente di colpo e la violenta marea di rossore torna a salire. Sto per diventare rossa come un peperone nel bel mezzo di un grande magazzino.

E poi di colpo mi torna in mente la cosa che avevo cercato di ricordarmi. Alla luce del sole brilla in tutta la sua tremenda chiarezza: non dire assolutamente che non riesci a raggiungere l'orgasmo con un uomo. un segreto che deve rimanere tra me e il mio vibratore.

Maledetta tequila.

"Jerry era uno okay."

"Peccato che non riuscisse a darti piacere." La voce di Orso sembra essersi fatta più profonda.

"Ehm." Non riesco a credere di aver condiviso certe intimità con due sconosciuti in un bar. Le mie guance stanno per incendiarsi per autocombustione. Mi abbasso dietro un espositore perché così almeno la commessa non mi vede. "No, in effetti era proprio così."

"Ed è proprio questo il motivo per cui ti chiamo. Io e Sawyer vorremmo farti una proposta."

"Sawyer?"

"Il barista. Siamo vecchi amici. Vorremmo aiutarti, e pensiamo che anche tu possa aiutare noi."

"O-o... 'kay."

"Sei libera per pranzo?"

"Ehm, oggi?" Mi guardo attorno. I piedi mi stanno già portando verso l'uscita del grande magazzino. "Potrei esserlo. Mi sono presa mezza giornata di ferie questa mattina, per fare una commissione." Faccio ancora un passo e la porta scorrevole si apre. Sopra di me, un uccello volteggia pigramente nel cielo azzurro e limpido. Libertà.

"Vediamoci al bar all'una. Offro io."

"Cos'è, una specie di appuntamento galante?" chiedo imbarazzata. Naturalmente non lo intendeva in quel senso. "Voglio dire, è che oggi ho una giornata davvero impegnativa. E lo sai già che ho deciso di chiudere per sempre con gli uomini." Provo a fare la scherzosa, ma la frase mi viene fuori in tono serio.

Orso rimane in silenzio. Probabilmente si sta dicendo che avrebbe fatto meglio a non chiamare. Argh! Perché ho parlato di appuntamento galante?

"Di che proposta si tratta?" chiedo cercando di sembrare indifferente. "Sono curiosa."

"Preferirei dirtelo di persona." La sua voce è un rombare sommesso.

"Eeh? Non sarà qualcosa di illegale?"

"No."

Dannazione, oggi niente di quello che dico esce di bocca con l'intonazione giusta. "Cos'è? Dai, dimmelo." Faccio una piccola deviazione rispetto all'uscita e mi nascondo dietro a un espositore di scarpe.

"Vogliamo aiutarti a raggiungere l'orgasmo."

A quanto pare devo essere morta ieri sera al bar, perché in questo momento sono in paradiso. O all'inferno. Qualunque cosa sia, la mia testa dev'essere andata in palla perché ci metto un po' prima di riuscire a dire con voce strozzata, "Scusa?"

"Io e Sawyer siamo sempre in competizione. È sempre stato così, fin da quando ci siamo conosciuti. In qualunque cosa, cerchiamo sempre di vedere chi di noi due sia il migliore."

Adesso non riesco proprio più a capire dove voglia arrivare, ma non posso riattaccare. Il ricordo della sua grossa corporatura che mi sovrastava protettiva è rimasto impresso dentro di me.

E la mia libido è sveglissima e all'erta.

"Abbiamo avuto lunghe discussioni su chi dei due sia meglio a letto, e questa ci sembra la buona occasione per scoprirlo. Ieri sera abbiamo parlato del tuo caso e abbiamo preso la decisione."

I pensieri mi girano nella testa all'impazzata, ma per un secondo riesco a concentrarmi. "Avete parlato di me?"

"Già, piccola." Ogni volta che dice 'piccola,' mi sciolgo un po' di più. "Una donna come te merita di essere soddisfatta a letto. Sei perfetta per la nostra gara."

"Quale gara?"

"Per vedere chi dei due sia meglio a letto. Verremo entrambi a letto con te, ti faremo venire e tu giudicherai."

No, devo essere in *Ai confini della realtà*. In una *Candid Camera*. Tra un attimo, salterà fuori qualcuno gridando: "Sorpresa, ti abbiamo fatto uno scherzo!"

Deglutisco. "Perché proprio io?"

"Perché sei vergine."

"Cosa? No, non sono per niente vergine."

"Nel senso che non sei mai venuta con un uomo," precisa.

Manca l'ossigeno dentro a questo negozio. Dovrebbero proprio fare qualcosa. Sono sorpresa di non essere ancora morta soffocata.

"Forse non mi è possibile," dico con nonchalance, come se fossi una per cui è normale parlare della propria vita sessuale con due fichissimi sconosciuti. Come in effetti accade, da ieri sera.

Una profonda risata rimbomba come un tuono attraverso il cellulare, facendo entrare in agitazione il mio basso ventre. Mi aggrappo a una colonna affinché non mi cedano le ginocchia. "Mi piacciono le sfide."

"Be'... okay, allora."

Una pausa. "Sei d'accordo?"

"Sono…" Non ho idea di cosa dire. Da una parte, ci sono due bonazzi che vogliono fare a gara per soddisfarmi a letto. Dall'altra… ma che cacchio succede? "Siete sicuri di volere *me*?"

La risposta, quando arriva, è gentile. "Sì, piccola."

Non posso mettermi a discutere. Cosa dovrei dire? *Non penso di essere attraente. Ho la cellulite. Siete sicuri di volere proprio me?*

"Pensaci, mi raccomando. Ti chiamerò più tardi," dice, e poi riaggancia, lasciandomi che apro e chiudo la bocca come un pesce al centro del reparto maschile.

NON SO ASSOLUTAMENTE COME SONO RIUSCITA A USCIRE dal grande magazzino e guidare fino all'ufficio, ma all'una in punto sono davanti al computer e lo fisso con occhi vitrei. Ogni tanto schiaccio il mouse perché non si attivi lo screen-saver. All'una e cinque, il mio stomaco comincia a brontolare. A quest'ora avrei potuto essere a pranzo con un bel pezzo di ragazzo premuroso e tutto muscoli, ascoltando la sua proposta indecente. Forse è meglio che non sia andata. Se avessi guardato intensamente in quei suoi occhi castani, non avrei saputo dire di no a niente.

"Evie!" Ben, il mio perfido collega, entra nella mia postazione come se fosse la sua. "Hai ricevuto la mia e-mail sul conto dei Billing?"

"Non ancora," rispondo. "Oggi non ho ancora controllato le e-mail. Sono stata troppo impegnata." *Impegnata ad andare fuori di testa.*

"Be', non appena lo farai, ho bisogno del tuo aiuto per fare il conteggio delle loro spese. Aspettano la relazione conclusiva sulla loro situazione entro stasera. Puoi fermarti oltre l'orario per prepararla."

Maledetto Ben, fa sempre così. Arriva e comincia a blaterale di qualche conto di cui non ho mai sentito parlare e approfitta della mia confusione per scaricarmi altro lavoro.

"Non avevo intenzione di fermarmi oltre l'orario, oggi."

"E perché mai?" Fa un sorrisetto mentre osserva il mio abbigliamento da lavoro decisamente sciatto, costituito da una camicetta abbondante e da un pesante maglione. La gonna che indosso è stata bocciata dai mormoni perché troppo antiquata. "Hai un appuntamento galante?"

"Chissà," dico raddrizzandomi. "E adesso se non ti spiace…" Mi volto verso il computer e clicco diverse volte il mouse. Purtroppo, la prima cosa su cui finisco è la cartella della posta indesiderata, dove l'e-mail in evidenza promuove un prodotto che aumenta le dimensioni del pene. Argh! Clicco freneticamente, ma anziché riuscire a cancellarla, finisco sul sito del prodotto. FALLA GODERE AL MASSIMO, annuncia il banner lampeggiante. Il - ehm - il membro di un compiaciuto personaggio dei fumetti cresce passando dalle dimensioni di un fagiolino verde a quelle di una zucca violina. Colpisco più volte la tastiera e i banner si moltiplicano fino a che migliaia di personaggi dei fumetti riempiono il mio schermo.

"Bene," fa Ben con voce strascicata. "Ti lascio al tuo lavoro." Il mio telefono squilla e sono così agitata che rispondo senza guardare chi è.

"Evangeline!" esordisce cinguettante mia zia. "Sono contenta di averti trovata. Ascolta, il fiorista di cui volevamo avvalerci ha cessato l'attività. Non ci crederai, ma l'altra sera il loro magazzino è esploso. Una pioggia di petali di rosa si è riversata in strada. Tutti quei gladioli! Non mi piace spettegolare, ma la mia amica Gwen è convinta che fosse un'attività di copertura della mafia."

"Okay..." Continuo a cliccare nella cartella della posta indesiderata, aspettando che arrivi al punto.

"Comunque, abbiamo bisogno di trovare un nuovo fiorista. Ma tua cugina è così impegnata… Lo sapevi che il suo fidanzato la prossima settimana la porta in crociera? Non è carino? Non poteva trovarne uno migliore."

"È un ragazzo fantastico," concordo con lei, chiedendomi cosa succederebbe se adesso riagganciassi. Probabilmente si presenterebbe qui in ufficio di persona per dirmi quello che mi voleva dire ad alta voce.

"Deve finire il lavoro che ha da fare, comprarsi costumi nuovi, è davvero oberata. E sai bene anche tu come sono impegnata io. Per questo abbiamo pensato che potresti aiutarci tu a trovare un nuovo fiorista. Boccioli di rosa color corallo, non color rosa. Fa una bella differenza. E con lo sconto del 40%. Non siamo disposte ad accettare niente di meno e niente di più."

"Zia Jen, ho troppo da fare. Non posso…"

"Naturalmente, ho già detto a tua cugina che sarai felice di poter essere d'aiuto. Si è sentita così sollevata! Non è da te avere impegni dopo il lavoro. Non hai nemmeno il ragazzo. Il che mi ricorda che nella palestra dove mi alleno la prossima settimana c'è una giornata in cui si può portare un'amica gratis. Se fai un buon lavoro con i fiori…"

"Okay. Va bene," le dico per farla smettere. "Devo lasciarti. Sta arrivando il mio capo e non sarebbe permesso prendere telefonate personali durante il lavoro."

"Ma sei in pausa pranzo, giusto? Non mangerai, spero. Lo sai cosa ti farebbe bene? Una camminata veloce intorno all'isolato. Tua cugina…"

"Ti saluto, zia Jen." Riattacco e mi massaggio la testa. Mi occuperò del fiorista, giusto perché non mi stia con il fiato sul collo. Così, quando mi invita ad andare alla sua lezione di aerobica, potrò sempre rifiutarmi dicendo che sto ancora cercando boccioli con la tonalità giusta di rosa corallo.

13:35. Avrei potuto essere seduta a un tavolo a mangiare alette di pollo piccanti sorridendo a Orso. No, dimenticatene, non dovrei mai andare a mangiare fuori con dei ragazzi. Non voglio che si chiedano da quanti pasticcini sono formati i miei rotolini di ciccia. Oltretutto, rischierei di sporcarmi di salsa e riempirmi di briciole. La cosa più tranquilla da mangiare: qualche foglia appassita di lattuga di un'insalata scondita. Su questo sono d'accordo con zia Jen.

Il mio telefono squilla e io sobbalzo. Zia Jen ha probabilmente qualche altro compito da assegnarmi. Tipo portare il cane di mia cugina a fare la passeggiata mentre lei è in crociera. Preparare la torta nuziale partendo da zero. Mi farà mettere un *ball gag* sulla bocca perché non mi venga la tentazione di leccare la ciotola. *"È meno rischioso così, Evangeline: la glassa è solo zucchero e grassi! Si deposita direttamente sui fianchi."*

Ma quando controllo il telefono, vedo un numero sconosciuto. Lascio che suoni senza rispondere e un minuto dopo il telefono vibra per notificarmi un messaggio vocale.

Lo apro e ascolto.

"Ciao, Evie," dice una voce morbida e familiare, da tenore. "Sono Sawyer."

Il telefono mi cade quasi di mano. Sawyer ha chiamato me. Il barista sexy Sawyer!

"...Orso mi ha detto che vi siete parlati e... be'. Volevo solo assicurarmi che avessi il mio numero. Chiamami."

Chiamami. Sono dentro ai *Confini della realtà.* È arrivata la fine del mondo. La terra verrà colpita da una meteora. Non è possibile che uno così fico, abbronzato e focoso chiami me, la piccola Evie scialba della Johnson Accounting, più larga che lunga, che indossa abiti dismessi dai mormoni.

Mi tremano le mani. Sono tutta percorsa da fremiti, sulle

braccia mi viene la pelle d'oca, i miei peli che si rizzano, come se avessi preso una scossa elettrica. *Chiamami.*

Non posso chiamarlo. Ho perso la capacità di parlare. Ma forse posso mandargli un messaggio.

Tiro fuori il suo numero e lo memorizzo. Dovrei mandarglielo subito il messaggio? No. Sono una persona importante ed estremamente impegnata.

Ignoro il numero di Sawyer finché riesco a resistere. Faccio anche il lavoro che Ben mi ha chiesto e glielo rimando via e-mail, cosa stupida perché in tutta risposta mi scarica il dossier di un altro cliente, da fare per domani mattina. A questo ritmo, dovrò lavorare fino a mezzanotte.

Alla fine, mando un messaggio a Sawyer alle due in punto.

Ciao. L'incipit più brillante che si possa immaginare. Mi mordo il labbro, impaziente di ricevere la sua risposta.

Alle 14:08 il telefono manda un segnale.

Ciao, ragazza.

Oooh, un classico. Mi sento sciogliere tutta.

Mi copro il viso. Sto messaggiando un ragazzo dal lavoro e arrossendo come una liceale che ha preso una cotta. Con quella stessa vertiginosa sensazione di volo: le mie comode scarpe alte non toccano neanche più terra.

Passa un minuto ed entro nel panico. Sono stata troppo precipitosa? Ho sbagliato a mandare io per prima il messaggio? Sarà lì che guarda e mi giudica? Forse è al lavoro. Sarà aperto il bar?

Clicco sul sito del bar.

"Ehm." Dietro di me, il mio capo si schiarisce la voce.

Passo rapida a un foglio Excel girando la poltrona per guardarlo in faccia. "Stavo solo, ehm… dando un'occhiata a un potenziale nuovo cliente. È proprietario di un bar."

"Vedo." Il signor Johnson mi guarda dall'alto in basso. "Se

hai tempo per cercare nuovi clienti, forse puoi anche aiutare Ben con alcuni dei dossier di altri clienti."

"D'accordo, lo farò." Mi giro di nuovo sulla poltrona e mi chino tutta contrita sulla tastiera. Non appena se ne va, afferrerò di nuovo il telefono. Preparerò il messaggio perfetto. Sawyer andrà in estasi. Si innamorerà, mi chiederà di sposarlo e avremo due bei gemelli biondi prima del secondo anniversario di nozze di mia cugina.

Il minimo che farà sarà rispondermi.

Dopo dieci minuti, il messaggio è pronto.

Cos'hai addosso? Scrivo a Sawyer. Vado avanti e indietro tra gli emoji, decidendomi alla fine per una faccetta che sorride. Sono timida, sono carina. E sono assolutamente spassosa.

Ehi, chi sto cercando di prendere in giro? Sono soltanto patetica. Finirò per essere relegata a fare l'assistente personale di mia cugina, con il compito di portare a spasso il cane per il resto della vita. Damigella sempre, sposa mai; cioè, a dire la verità non sono nemmeno damigella. Damigella sarebbe già un bel passo avanti.

Mi accascio sulla scrivania.

Il telefono vibra e io salto su come la ragazza posseduta dal demonio nell'*Esorcista*. Sobbalzo leggendo il mio messaggio: *Cos'hai addosso?*Avrei potuto fare di meglio.

Sawyer: *Di solito sono io a chiederlo. Emoji della faccetta che fa l'occhiolino.*

AHHHHHHHHHHHH!

Mi giro furente sulla poltrona. Passando, Ben mi lancia un'occhiata torva. Sono quasi le tre e non sono ancora arrivata ai dossier dei miei clienti. Neanche me ne importa. Ho lasciato la terra e sono seduta su una nuvoletta, sprizzando felicità da tutti i pori. Due ragazzi fichissimi, in un giorno solo.

Sei perfetta per la nostra gara. La voce vibrante di Orso al telefono. Quella morbida da tenore di Sawyer. *Sei perfetta per la nostra gara.* Tiè, zia Jen! Non sono così grassa da non attirare l'attenzione dei maschi. *Sei perfetta.*

15:29. Il mio telefono squilla: Sawyer. Faccio un urlo silenzioso prima di portarmi il telefono all'orecchio. Prendi un bel respiro, Evie. Fai la tosta. E adesso rispondi.

"Ciao." La mia voce è un sussurro melodico. A metà strada tra un contralto e Marilyn Monroe. Spero. Ma può anche darsi che sembri asmatica.

"Ciao ragazza." Sawyer potrebbe insegnare a Ryan Gosling a essere sexy. Se potesse imbottigliare la sua voce in una boccetta di profumo e venderla, la fragranza farebbe rimanere incinta una ragazza a venti passi di distanza.

"Te l'ha detto?" Colgo un sorriso nella voce di Sawyer. Stringo più forte il telefono. La gara. Orso. Sawyer. Me.

"Sì," emetto un respiro tremolante. "Diceva sul serio?"

"Oh, sì," ride Sawyer. "Lui parla sempre sul serio. La verità è che è molto tempo che pensiamo di fare una cosa del genere. Avevamo solo bisogno dell'occasione giusta."

"E l'occasione giusta sarei io?"

"Esatto."

"Ahah," faccio, e lui si mette a ridere.

"Dai. Ci divertiremo. Non puoi venirmi a dire che non lo vorresti."

"Oh, se è per volerlo lo vorrei..." indugio, immaginandomi questi due bei ragazzi che torreggiando sopra di me mi prendono per mano e mi conducono in camera da letto. Totalmente irrealistico, eppure il mio corpo sembra risvegliarsi a nuova vita. "Però non so se sarebbe... saggio."

"Faremo in modo che ne valga la pena." Sento la sua voce vibrare dentro di me.

"Fate spesso di queste cose?"

"Per niente. Come ho detto, aspettavamo che arrivasse quella giusta."

LEE SAVINO

Soppeso le sue parole. *Quella giusta* non mi dispiace, ma forse stavano aspettando una talmente patetica e disperata da *accettare* una follia del genere. Questo spiegherebbe perché abbiano scelto me.

"Ma io non vi conosco nemmeno."

"E allora conosciamoci," dice per convincermi. Ha una risposta per tutto. "Possiamo passare del tempo insieme... senza scopare."

"Io non esco più con nessuno," rispondo automaticamente. In qualche modo, questa frase è diventata il mio scudo.

"Lo sappiamo già," dice tranquillo. "Lo hai detto chiaramente. Pensa a questo come a...un'esplorazione. A beneficio di tutti. Su, Evie," aggiunge sentendomi esitante. "Bisogna vivere un po'."

"Un po'? E perché non vivere alla grande, invece?" Appena lo dico mi maledico. Sono già abbastanza 'grande' di mio. Meglio non ricordarglielo.

"Per me va benissimo. E se starai con noi faresti meglio ad abituarti all'idea di 'grande'."

"Oh, santo cielo," gorgoglio, senza nemmeno provare a fare la spiritosa. Sawyer si mette a ridere.

"Sei troppo carina."

Carina! Sono carina! "Così dicono." Mi attorciglio i capelli attorno a un dito, cercando di passare alla modalità affascinante e sofisticata. Il dito si impiglia in un nodo. Tiro, ma non viene più via.

"Stasera cosa fai?"

"Mi spazzolerò i capelli." Riesco a liberare il dito, che si porta dietro un pezzo del mio scalpo. Mi mordo la lingua per non lanciare un guaito.

Sawyer ridacchia. "Non li lavi?"

"Oh, sai com'è, devo tenermi qualcosa da fare per i

weekend." Mi sfrego il cuoio capelluto irritato. "Faccio una vita talmente glamour."

"Be', se ti sbrighi con i capelli, passa dal bar. Io faccio il turno dalle sette alle due."

"Ah, okay. Vedrò cosa posso fare. Ho parecchi capelli." *Ho parecchi capelli?* Allontano il telefono e faccio una smorfia. Ma sono proprio completamente deficiente?

"Brava, fallo. Ah, e un'altra cosa, Evie," la sua voce si abbassa di un tono. "Non ho addosso niente."

* * *

ALLE CINQUE E MEZZO, esco dal lavoro come una zombie. Dopo le ultime parole di Sawyer al telefono mi è venuto un attacco di cuore e sono morta. Se non fossi già stata morta stecchita sentendo la sua voce sexy, sarei morta dopo essermelo immaginato a casa, nudo. Mentre parlava con *me.*

Evie la zombie arriva a casa e si cambia indossando un abbigliamento comodo, legging attillati e una felpa oversize, poi si mette a giocherellare con il telefono. Non riesco a togliermi dalla testa i due ragazzi. Finisco a fissare il laptop, svuotando la casella di entrata delle e-mail. Passo il novanta per cento del mio tempo a fissare degli schermi. Forse è ora di cominciare a uscire e fare qualcosa. O farmi qualcuno. O due qualcuno…

Il telefono squilla e lo faccio quasi cadere. Non mi ero accorta di avercelo in mano. È Orso. Adesso so per certo di essere nell'aldilà.

"Pronto?"

"Ciao, piccola," romba la sua voce. Una voce che è come un gelato al cioccolato ricoperto di salsa al cioccolato. Solo a sentirla ho preso due chili.

"Ciao." Mi rannicchio sul divano, sperando che continui a parlare. Io non saprei proprio cosa dire.

"Sawyer mi ha detto che ti ha chiamata."

"Sì. In effetti. Sawyer mi ha chiamata. Abbiamo parlato."
Chiudo gli occhi. Meglio che stia zitta.

"E quindi? Cosa ne pensi?"

"Cos'è, è stata mia cugina a pagarvi?" sbotto. "È tutta una
messinscena, giusto?" Parecchio elaborato come scherzo, ma
perfettamente alla portata di Genevieve.

Silenzio.

"Cioè," cerco di mettere una nota di umorismo nell'accusa
appena avanzata. "Mi sembra una cosa un po' troppo invero-
simile. Ehi ciao, vogliamo venire tutti e due a letto con te.
Della serie, ahah."

Ancora silenzio. Sto stringendo il telefono come se
volessi spremerlo.

"Cioè, non riesco a capire... non so... volete venire tutti e
due a letto con me..."

"È così difficile credere che possiamo voler venire a letto
con te?"

"Ehm, sì."

"Perché?" Sembra che stia riflettendo. Mi agito sul divano.

"Non saprei. Forse perché... potreste avere tutte le ragazze
che volete?"

"È questo che pensi?" Adesso invece sembra divertito.
Grazie al cielo. "In questo momento la ragazza che vogliamo
sei tu."

"Ah. Giusto," dico. Da sfigata. "Be', ne sono lusingata..."

"Cena, domani sera."

"Ch-che cosa?"

"Ho capito, abbiamo precipitato troppo le cose. Devi
prima sapere che siamo seri. E per saperlo, devi prima cono-
scerci. Ci arriveremo poco alla volta. Io e te, a cena. Poi
possiamo andare fino al bar a bere qualcosa con Sawyer."

Mi esce un "Ehm," stridulo. Il mio cuore sta palpitando. È
uno abituato a decidere.

"Alla steakhouse texana. Sulla Route 5. Alle sette. Ti aspetto lì. A meno che," fa una pausa. "A meno che non mi permetti di passarti a prendere."

"Va benissimo incontrarci là," dico, scuotendo la testa. Ho appena accettato di andare a cena fuori. "Ehm, servono anche insalata in quel posto?"

"Bambina," sembra di nuovo divertito.

"No, è che, ehm, non sono ancora così convinta e…"

"Cena, alle sette. Mi comporterò da perfetto gentiluomo. Indossa un abito." Mi saluta con quella sua voce profonda da uomo vissuto, mi dice 'piccola' ancora una volta e poi riattacca.

"Andrò a cena con un ragazzo domani sera," lo dico ad alta voce per vedere come suona. "Ci incontreremo al ristorante. Si comporterà da perfetto gentiluomo." È successo davvero? "Sì," mi dico. "È appena successo."

Il mio telefono vibra. *A cena vai con lui, ma prima prendi l'aperitivo con me. Alle cinque. Digli di passarti a prendere al bar.* Sawyer, che vuole avvantaggiarsi su Orso. Certo. È una gara tra di loro. Nient'altro.

Lavoro fino alle 17:30, gli scrivo.

Alle sei, allora. Risponde subito. Lui e Orso hanno un livello di arroganza piuttosto elevato.

Sembra che mi piacciano gli arroganti.

Ottimo. Devo davvero mettermi un vestito? Lo ha detto Orso.

Mettiti una gonna, scrive secco Sawyer. *Non lasciare che ti dica lui cosa fare.*

Se mi metto una gonna, faccio quello che TU mi hai detto di fare, rispondo.

Esattamente.

Rido ad alta voce. *Forse metterò semplicemente i jeans.*

Jeans stretti. Controbatte.

Mi viene il broncio. Tutti i jeans che ho mi stanno stretti. Ho un culone enorme.

Mollo il telefono e mi alzo dal divano. Ho lo stomaco che brontola, ma farei meglio a saltare la cena.

Il telefono ronza, mentre esamino il contenuto del frigorifero. Prendo un sacchetto di mini carote e torno al divano.

Evie?

Sono qui. Sto solo preparando la cena. Prima di iniziare a spazzolarmi i capelli, digito in risposta, sentendomi all'improvviso un po' di malumore.

OK. Non voglio distrarti dalla cura dei capelli.

Già, richiede concentrazione. Sgranocchio le mie carote cercando di non farmi prendere troppo dalla depressione.

Mettiti quello che vuoi. Non ci importa, purché tu venga.

A quanto dice Orso, verrò parecchio.

Ci puoi scommettere, bel culetto. Aggiunge l'emoji di un diavolo che sogghigna, che mi fa venire un risolino.

Pulisco le mie mini carote, sentendomi già meglio.

Dopodiché, i messaggi di Sawyer diventano più radi. Niente di strano, sta lavorando. Cedo e mi mangio un tramezzino al pollo del fast food, che mi è avanzato da ieri sera. È croccante e contiene la dose di sodio che dovrei mangiare in un anno. Va be', ma chi se ne frega. Avrò bisogno di calorie per tenere testa a questi due. Quante calorie si bruciano in un ménage à trois?

Fermati, Evie. Butto via la plastica del tramezzino al pollo, mi pulisco le mani e prendo il computer. È ora di un po' di vecchio, sano stalking sui social media.

Apro Facebook. Dovrei creare un falso profilo? Mi darebbero l'amicizia? Provo a pensare a qualche nome falso da usare. *Sabrina Townsend.* Sembra carino. Forse però non abbastanza civettuolo. *Cherry Licksalot.* Già meglio.

Oppure chiedo l'amicizia semplicemente come la vecchia me. Per vedere se me la danno. Mando una richiesta di amicizia a entrambi e poi chiudo subito il laptop.

Passo le cinque ore successive a camminare avanti e

indietro, evitando di guardare il computer. Almeno, la sensazione è che siano passate cinque ore. Più probabilmente solo cinque minuti, prima che apra di nuovo il computer. Non ho alcuna capacità di controllo.

Torno su Facebook, trattenendo il respiro.

Mi hanno dato l'amicizia! Siamo ufficialmente amici! Non so se questo meriti di essere festeggiato con un ballo, ma faccio un piccolo movimento di culo. Mi faccio scrocchiare le dita e inizio a scorrere le pagine.

A Orso piacciono le auto, più sono sportive e meglio è, e a Sawyer piace la spiaggia. E non si fanno quasi alcun selfie. Sulle loro pagine non c'è altro che foto in cui sono stati taggati. Party con gli amici e grigliate in famiglia. Foto di Orso in palestra, con certi muscoli che fanno venire l'acquolina in bocca. Foto di Sawyer che fa surf, prese probabilmente da qualche super fica in bikini che era anche la sua ragazza. Sawyer ha postato alcune foto in bianco e nero di onde che si rifrangono sulla spiaggia, che hanno una qualità alla Ansel Adams.

Resisto alla tentazione di tappezzare il desktop del computer con fotomontaggi di Orso & Sawyer a torso nudo. Non posso farmi coinvolgere da questi due finché non so cos'abbiano in mente. Non pensano che ci sia qualcosa che non va in me... perciò dev'esserci qualcosa che non va in loro. Giusto?

Che casino. Forse gli piaci davvero e basta.

O forse sono dei serial killer.

Devo saperne di più.

Scrivo i loro nomi su Google ed escono foto di Orso a un salone dell'auto, che posa come un modello, e di Sawyer a una festa in spiaggia, con quelli che sembrano i primi tre concorrenti di una gara di magliette bagnate. È ovvio che possono avere qualsiasi ragazza che vogliono, quando vogliono. Ma allora perché vogliono me?

Devo conoscere meglio questi ragazzi. Devo sapere a che gioco stanno giocando. Ho bisogno di una stalker a livello professionale, e so chi chiamare.

"Ciao, troietta," risponde Mina allegramente. "Cosa succede?"

"Devi proprio chiamarmi così?"

"Lo sai che mi piace usare le parolacce. Prendilo come un vezzeggiativo."

"Va be'." Scuoto la testa. "Ho bisogno che indaghi su qualcuno. O meglio, su due qualcuno."

"Ohoh?" fa Mina, ma capisco subito che è molto intrigata.

Le do i nomi completi di Orso e di Sawyer.

"Che cosa?" La sua voce si fa più nitida e il rumore dei tasti digitati sulla tastiera scorre rapido come una cascata in sottofondo. Già alle superiori Mina era una super nerd, una di quelli che imparano i programmi prima di imparare a guidare e cercano di hackerare il firewall della NASA per puro divertimento. "Andavano a scuola con i miei fratelli maggiori. Cos'è che gli è capitato?"

Le mie guance avvampano solo a dirlo: "Vogliono... fare una specie di gioco con me."

"Che cosa!?" grida Mina. "Tutti e due? Dannazione, io lascio la città e tu ti becchi tutto il divertimento." Il rumore della digitazione si fa più intenso.

Mi guardo attorno nell'appartamento spoglio, privo di vita se si esclude il cactus che non sono ancora riuscita a far morire. Si chiama Spinone.

Sono le nove di sera, ho ricevuto non uno ma due inviti a uscire e sto flirtando non con uno ma con due ragazzi fichi da morire e sono qui che mi nascondo. Sono l'equivalente di un paguro con sembianze umane. *Sì, sai che divertimento.* "Vedi solo... cosa riesci a scoprire su di loro."

"Lo sto già facendo. Ti manderò un rapporto. Con i risultati della loro situazione economica, controllo del loro passato, casella giudiziaria, presenza di ex ragazze pazze sui social media… saprai tutto."

Faccio un sospiro. "Grazie."

"Nessun problema, troietta. Sei la mia migliore amica. Mina ti saluta." Il collegamento si chiude e io mi sfrego la fronte. Che cosa estenuante. Come faceva la gente a fare ricerche sui propri ganci una volta, prima dell'avvento di Internet? Si arrampicavano su un albero per guardare con il binocolo?

Almeno, un piano l'ho elaborato. Con l'uscita di domani sera, otterrò maggiori informazioni su questo torneo. Dirò ai ragazzi che ho bisogno di pensarci. Mina riporterà sicuramente che i due sono avvezzi a questo tipo do giochetti, illudono delle povere ragazze e poi le lasciano con l'amaro in bocca. Dopodiché potrò ritirarmi educatamente e continuare la mia vita.

Cercherò di non rimanere troppo delusa.

Dopo una doccia e terminata la sessione di toelettatura - mi ci è voluto un po' per districare per bene i capelli - sono rannicchiata a letto mezza addormentata. Non sono andata al bar. Questo fa di me una vigliacca? Probabilmente sì. Se fossi la ragazza glamour ed entusiasta che questi ragazzi credono sarei fuori a far festa, non qui a nascondermi nel mio appartamento, con quattro muri bianchi a segnare i confini della mia triste vita banale. Ma non posso cambiare per un ragazzo. Nemmeno se in un certo senso lo volessi.

Il mio telefono vibra.

Mi spiace che non ce l'abbia fatta a uscire. Sawyer. Gli ho mandato un emoji con una faccina assonnata. *Zzzzzz.*

Ricordati, domani. Alle 18:00. Jeans attillati.

Orso ha detto alle 19:00 al ristorante.

L'ho già informato del tuo nuovo programma. Orso potrà averti più tardi. Prima ti prendo io.

Oh mio Dio. Mi copro il viso con le mani. Con tutte le

cose che sono successe non ho avuto tempo per procurarmi un vibratore. Ma accipicchia, se ce lo avessi stasera lo userei.

Sto per mettere via il telefono e crollare addormentata quando si mette a vibrare insistentemente. Mi immagino che sia un altro messaggino da Sawyer, invece è un messaggio vocale da Orso. Devo aver perso la sua chiamata mentre ero sotto la doccia.

"Ciao, Evie." La sua voce profonda mi fa venire le farfalle allo stomaco. "Sawyer mi ha detto del tuo cambio di programma. Io e te ci vediamo al Ballers. E... so di averti parecchio sciaccata oggi. Non avevo intenzione di spaventarti." Segue una pausa. Sta soppesando le parole. Che ragazzo carino. "Non dobbiamo per forza andare avanti se tu non vuoi. Ovvio. Pensaci però. Ti vorremmo per davvero." Altra pausa. Sto ascoltando come se la mia vita dipendesse dalle sue parole.

"Buonanotte, piccola."

Ti vorremmo per davvero. Errore. Non fa testo. La confessione non sembrava però quella di un uomo che voleva mettere un'altra tacca sulla testiera del letto. Sembrava di un uomo che parlava dal cuore, a una donna a cui teneva. Gentile.

Non stava giocando. Non ho percepito segnali in tal senso. Anche se è un gioco quello che mi hanno proposto.

La questione è: una volta che il gioco sarà finito, potrò tornare come niente fosse entro i confini della mia vecchia vita?

Torno a sprofondare sul cuscino, mordicchiandomi il labbro. *Ti vorremmo per davvero.* Una nuova realtà. Sono sbalordita. La mia vita sta per cambiare?

No, è già cambiata.

CAPITOLO 2

*L*a mattina dopo sono seduta in silenzio alla scrivania, credendo di impazzire. Stasera ho la cena con Orso e l'aperitivo con Sawyer. Come sono passata dal 'non uscire più con nessuno' a un appuntamento con ben due uomini? Non mi ricordo nemmeno di aver acconsentito. Mi sono portata dietro i trucchi e un cambio di abbigliamento, per non arrivare in ritardo.

"Evie, il capo dice se puoi darmi una mano con questo." Ben mi arriva davanti sbattendo sulla mia scrivana il dossier di un cliente e poi se ne va, senza togliersi il cellulare dall'orecchio. Mostro i denti alle sue spalle e mi metto al lavoro. Salto il pranzo, ma dopo tre telefonate perse di mia zia che mi ricordano il mio impegno a trovare un fiorista, esco per consegnare a mano un dossier a un cliente, che ama un trattamento con un tocco personale. Lungo il percorso, mi fermo da un fiorista e finisco a confrontare le sfumature di rosa.

Dopo un po' si confondono tutte. Quando finalmente trovo i boccioli di rosa giusti, il fiorista inizia a brandire la gipsofila. Perché cavolo non se li sceglie da sola i suoi fiori, mia cugina?

D'impulso, mando un messaggio a Sawyer.

Devo prendere una decisione e ho bisogno di un consiglio.

La risposta arriva mentre sto esaminando i prezzi del fiorista. *Sì al reggiseno push-up, no alle mutandine di cotone.*

Il rossore mi sale su dal rigonfiamento del seno. Mi scuso con il fiorista e mi abbasso lungo una corsia di composizioni funebri. *Cosa?*

Suppongo volessi sapere cosa indossare stasera?

No! Velocissimo: bianco o violetto?

Violetto, risponde Sawyer. *Per che cos'è? Per un giocattolo erotico?*

Faccio un risolino. *Può darsi.*

Mi stuzzica.

Esco dal negozio di fiori e cammino fluttuando sul marciapiede. *Fai il bravo e più tardi ti ci lascerò giocare.* Non mi sono mai concessa di scrivere cose tanto audaci, ma Sawyer ha la capacità di tirare fuori il meglio di me. O il peggio?

Questo di solito lo dico io.

Quando entro in ufficio, ho un sorriso talmente ampio che Ben mi guarda a bocca aperta. "Dove sei stata?" chiede.

"A portare il dossier Nguyen al loro studio legale. La signora Nguyen ti saluta."

Stringe gli occhi, lambiccandosi il cervello per capire cosa possano aver fatto gli avvocati per farmi sorridere così.

Quando sono al sicuro nel mio cubicolo, controllo il telefono.

Sawyer mi ha messaggiata, *A stasera.*

Già, sta succedendo. Non riesco a togliermi dal viso questo grande sorriso beota. *Sai, in realtà non ho mai davvero acconsentito a vederci stasera.*

Ma verrai, vero?

Forse. Dipende dallo stato dei miei capelli.

Quante spazzolate gli devi dare?

Quante ne servono per districarli.

Piccoli puntini di sospensione si muovono come un'onda sullo schermo mentre lui digita la sua risposta. Tengo il telefono sotto la scrivania, con le ginocchia che tremano. Sono una messaggino-dipendente.

Alla fine, arriva il suo messaggio. *Posso fare qualcosa?*

Scoppio a ridere. Ci sarà davvero da divertirsi.

* * *

ALLE SEI IN punto entro nel posto di lavoro di Sawyer. *Una coi capelli rossi, un surfista e un uomo muscoloso entrano in un bar.* Provo a pensare a una barzelletta, ma non mi viene in mente altro che un ménage à trois.

Sawyer è dietro al bancone e sta lucidando dei bicchieri, la sua testata di capelli biondi è come un balenio di sole nella penombra del bar. Mi piacciono le luci basse di questo posto. Mi sento più a mio agio al buio, è più facile nascondere i miei difetti.

Che tristezza. Quanto della mia vita ruota attorno all'insicurezza dovuta al mio corpo? Non mi ero mai resa conto di quanto mi influenzasse. Forse è per questo che mi sono nascosta nel mio appartamento non appena due bei ragazzi si sono interessati a me.

Attraverso il locale. Indosso una gonna nera elasticizzata che si avvolge attorno ai fianchi e un top con lo scollo a V che mi valorizza le tette. Niente capi dismessi dai mormoni oggi. Mi sento quasi bene. Posso sedermi comodamente al bancone, con il decolleté in bella mostra, e flirtare con Sawyer. Mi limiterò a bere acqua, così non mi renderò ridicola. Non riesco a tenere a freno la lingua quando sono alticcia, e abbiamo già appurato che con questi due ragazzi non so usare alcun filtro. Chissà cosa potrebbe venir fuori se bevessi di nuovo?

Arrivo a metà strada dal bancone e mi fermo di colpo.

Piantata su uno sgabello del bar c'è una biondina slanciata. Ha gambe asciutte e chilometriche, il prolungamento di un paio di tacchi a spillo. Stuzzicadenti in bilico su altri stuzzicadenti. Incrocia e apre le gambe di continuo, mettendosi in posa. Potrebbe essere una modella. Si china sopra il bancone, ridendo di qualcosa che dice Sawyer, facendo scintillare dei denti bianchissimi.

Non posso sedermi vicino a lei. Sembrerei il 'prima' nelle immagini del 'prima e dopo' di una dieta brucia grassi estrema. Non posso competere con lei.

È troppo tardi per darmela a gambe?

Sawyer si gira. Il suo sguardo cade su di me. Troppo tardi per scappare. Gli faccio un salutino.

Si illumina in viso quando mi vede. "Eccola qui." Mi trascino avanti, sostenuta dal saluto di Sawyer.

La ragazza al bancone si siede di nuovo dritta sullo sgabello, con gli occhi che dardeggiano tra me e Sawyer, alla ricerca di indizi che rivelino la relazione che c'è tra noi.

"D'accordo, vediamo un po' il risultato," dice Sawyer mentre mi avvicino.

"Vuoi vedere?" alzo le sopracciglia, portando una mano sui capelli.

Mi fa segno con la mano di procedere, entrando nello scambio di battute. "Non vorrai forse farmi aspettare?"

Facendo finta di sospirare tolgo l'elegante fermaglio sciogliendo i capelli, che mi cadono sulle spalle in scintillanti onde ramate. Altri difetti a parte, i miei capelli sono davvero belli.

"Molto belli." Sawyer annuisce, assumendo un'aria da intenditore. Metto una mano sotto i capelli e li rivolto, lasciandogli ammirare quanto sono lucidi e scintillanti. "Molto puliti."

Faccio un sorriso. La bionda mi lancia un'occhiata strana, ma crogiolandomi nello splendore del sorriso di Sawyer posso permettermi di ignorarla. *Eh già, cocca, stiamo facendo battute su qualcosa che solo noi sappiamo.* Scivolo sullo sgabello e cerco di non paragonare le dimensioni del mio culone a quello di Miss Tette Pimpanti seduta accanto a me.

"Cosa vuoi bere?"

"Ehm…" Dovrei rispondere acqua. Stavo per ordinare un antipasto per poter bere qualcosa, ma non posso mangiare davanti a Miss Grissino. "Sorprendimi."

Facendomi l'occhiolino, prende qualche bottiglia e prepara un cocktail che sa prevalentemente di succo di frutta.

"Mmm, buono. Che cos'è?"

"Si chiama Sex on the beach." Il luccichio che ha negli occhi potrebbe mettere direttamente incinta una ragazza. Le mie ovaie fremono.

Ohibò. "Mi piace molto."

"Ce n'è dell'altro che ti aspetta." Mi fa di nuovo l'occhiolino e per poco non cado dallo sgabello.

Adesso la bionda mi sta veramente studiando. Mi esamina da capo a piedi, catalogando tutti i miei difetti ed etichettandomi come "non-rivale." Sono abituata a questo tipo di esami. Zia Jen li fa a chiunque e ha insegnato a me e a mia cugina a farli a nostra volta da quando avevamo tredici anni. Mia cugina non ha più molto bisogno di farli perché probabilmente è sempre la più magra e la più carina in qualunque posto si trovi. Rispondo alla bionda esaminandola anch'io e il risultato è un deprimente dieci su dieci. Le mie tette e i capelli potranno farmi arrivare tutt'al più a un misero cinque.

La bionda sogghigna come se lo sapesse.

"Torno subito." Sawyer se ne va sul retro con l'aria da spaccone. Tutte e due ci giriamo sullo sgabello per guardare il suo bel didietro.

La bionda si rivolge a me. "Certo che Sawyer è davvero, come dire, un gran fico."

"Mmm," concordo decisa, anche se non è *come dire* un gran fico, lo '*è*'e basta.

"Tu stai, come dire, con lui?"

"Ehm…" Oh no, sto per arrossire. La vampata mi parte dal petto e avanza verso l'alto, una marea scarlatta che la dice lunga. "Stiamo solo mettendo su qualcosa insieme."

La bionda sembra perplessa. Non riesce proprio a immaginarmi, insieme a lui. *Neanch'io ci riesco, sorella.*

Sorseggio il mio cocktail e guardo la bionda che a tutti i costi vuole catalogarmi come "non pericolosa". Se lei vuole Sawyer potrà averlo. Un gran fico come lui dovrebbe essere più attratto da un dieci su dieci che non da una come me. Se mi ignorasse e cominciasse a flirtare con lei, rimarrei delusa ma non me ne farei un cruccio. Il mondo continuerebbe a girare lo stesso.

"Evie." Un rombo alle mie spalle mi fa voltare.

Sento il calore salirmi su dalla schiena, con la voce di Orso che si posa come un plaid sulle mie spalle.

Gli occhi della bionda si allargano come dei sottopiatti. Entrambe allunghiamo il collo per guardare quella montagna che è Orso. Lui si china e mi bacia sulle guance.

Oh mio…. Addio mutandine asciutte.

"Ciao," lo abbraccio e poi afferro il cocktail come fosse uno scudo, sorseggiandolo per nascondere l'espressione del mio viso.

"Cosa stai bevendo?"

"Sex on the beach."

Il suo sguardo si accende. Io mi sento oscillare sullo sgabello.

"Hai fame?"

"Sì," rispondo sena pensarci. Dovrei fingere di non avere troppa fame e limitarmi a un'insalata.

Proprio in quel momento il mio stomaco decide di mettersi a borbottare. "Ho saltato pranzo," gli confesso.

Mi rivolge uno sguardo di disapprovazione. "Piccola, devi mangiare."

Il mio stomaco è d'accordo con lui.

"Non hai problemi a bere con lo stomaco vuoto?"

Probabilmente sì. "Ehm..."

"Ti ordino delle alette di pollo. Sei allergica a qualcosa?"

Scuoto la testa. Orso si allontana per parlare con Sawyer, che è ricomparso dal retro. Faccio scorrere il dito sul bordo del bicchiere. Non credevo che Orso potesse diventare più sexy di quanto già non fosse, ma vederlo preoccupato che io mangi abbastanza in questo momento è in assoluto la cosa che mi fa più piacere.

La bionda sembra una che capisce in fretta. "Stai con tutti e due?" Le sue sopracciglia si alzano così tanto da scomparire quasi sotto la capigliatura.

"Oh..." il mio viso avvampa, dispiegando una bandiera rossa di vergogna. "È una specie di progetto collettivo."

Orso torna con una birra e mi mette una mano sulla schiena. Chiacchieriamo un po' mentre Sawyer ci porta le alette piccanti e serve a me un bicchiere d'acqua. La mia decisione di non mangiare di fronte ai ragazzi si dissolve alla vista della salsa buffalo. Orso sembra godere nel vedermi mangiare, tanto quanto godo io nel farlo. O perlomeno, mi guarda socchiudendo gli occhi e sorseggia la sua birra con aria compiaciuta. Mi dimentico di tutto e penso a riempirmi la pancia. Orso 1, Dieta 0. La povera bionda si agita, cercando di attrarre l'attenzione di Orso, ma alla fine rinuncia e va a sedersi a un tavolo a testa china. Non è abituata a essere ignorata.

Io al contrario non sono abituata a essere al centro dell'attenzione, ma mi ci adatto. Avere due ragazzi che si interessano a me deve avermi cosparsa di qualche attraente polverina magica, perché non appena Orso e Sawyer si distraggono per qualcosa di sportivo che sta succedendo sul grande schermo televisivo, un altro ragazzo si avvicina al bancone per offrirmi da bere.

"Va bene così," gli dico, sperando che non insista. Non ho bisogno di aggiungere altro perché Orso mi è subito accanto. Mi mette un braccio attorno alle spalle, un segnale evidente. Nel codice dei maschi: fuori dai piedi, questa è mia. Nel caso il ragazzo non conoscesse il codice dei maschi, Orso glielo spiega esplicitamente: "Questa è già impegnata."

Nel mio basso ventre c'è uno spasmo di felicità; cerco di nasconderlo.

"Nel caso fossi interessato, lei è single." Indico la bionda, che è seduta al tavolo con l'aria smarrita. Gli occhi del ragazzo si accendono vedendo le sue fattezze da dieci su dieci e se ne va.

Mi giro per guardare Orso in faccia. Il suo braccio si allenta, ma non si allontana. "Già impegnata, eh?"

Abbassa la testa, avvicinandola. "Hai già pensato alla nostra offerta?"

È l'unica cosa a cui penso. "Può darsi."

"Prenderai in considerazione anche altri ragazzi, prima di darci la tua risposta?"

"No. Non credo che potrei gestire più di voi due." Do l'impressione di essere indifferente come se mi capitasse tutti i giorni di avere due ragazzi interessati a me, una cosa banale come fare il bucato. "Mi stavo solo chiedendo... se accetterò di fare da giudice in questo torneo, come funzionerà?"

Sawyer si unisce a noi. "Mi immagino che faremo dei turni. Prima parte uno e poi tocca all'altro. E ripetiamo la stessa cosa un paio di volte."

"In una notte sola?" squittisco.

"Pensavo che potremmo prenderci notti diverse, nel corso di alcune settimane." Gli occhi di Sawyer hanno un brillio. "A meno che tu non voglia esaurire tutto in una sola notte…"

"Va bene, va bene," dico in fretta. "Vorrei poter continuare a essere in grado di camminare dopo averlo fatto."

Orso ridacchia.

"Hai detto alcune settimane?" È più complicato di quanto pensassi.

"Come minimo," interviene Orso. "Ognuno di noi si prende nottate diverse, distribuite nell'arco di un mese. Per darti il tempo di riprenderti da una volta all'altra."

Faccio una risatina sommessa, ma lui sembra mortalmente serio. "Un mese sembra davvero un tempo molto diluito."

"Non ti annoierai," mi assicura Sawyer. "I preliminari sono la metà del divertimento."

Preliminari? E io che credevo fosse qualcosa tipo *bim bum bam, grazie tante e arrivederci signorina,* ripetuto per due volte. "E voi due, non vi annoierete?" Alternare le notti significa che dovranno aspettare il loro turno.

Si scambiano un'occhiata criptica.

"Oh no, Evie," fa Sawyer. "Al contrario, credo che ci divertiremo parecchio." Va a prendere da bere per un numeroso gruppo di operai appena entrato. Orso incombe sopra la mia spalla.

"Pronta ad andare?"

Il piatto di alette è adesso un ammasso di ossa. Ops. Si supponeva che non dovessi mangiare uscendo con dei ragazzi. Una delle regole di zia Jen. Dovrei declinare l'invito a cena e ritirarmi, per non essere tentata di divorarmi un bue davanti a lui, perdendo ogni chance di convincerlo di essere magra e controllata come la bionda. Ma lui mi posa la sua grande mano sulla schiena inondandomi con il sottile profumo del suo dopobarba, e sono incapace di resistere.

Salto giù dallo sgabello e la mia mano scompare nella sua.

"Dai la buonanotte a Sawyer," mi chiede Orso.

"Buonanotte, Sawyer."

"Fai la brava," dice Sawyer di rimando facendomi l'occhiolino, ma puntando un dito ammonitore verso Orso.

La cena al ristorante texano risulta meno complicata di quanto credessi. Nel mio menu non ci sono i prezzi.

"Mangi carne?" chiede Orso prima che abbia il tempo di chiedere un altro menu.

Ho un attimo di esitazione. È un doppio senso?

"Bistecche," chiarisce.

"Sì, assolutamente." La voce di zia Jen sta strillando nella mia mente, così aggiungo: "Ma non ho troppa fame."

"Hmm." Orso sembra scettico.

Arriva il cameriere e Orso ordina per entrambi. Mi faccio un piccolo scrupolo mentale sull'opportunità di mangiare o no davanti a un uomo e decido di assaggiare due pezzetti prima di dichiararmi piena. Senza toccare né il pane né il purè. Poi Orso si rivolge a me chiedendomi del lavoro e prima di accorgermene sono lì che parlo con lui di clienti e scadenze di tasse da pagare, e del mio desiderio di mettere in piedi una società per conto mio. Mi ascolta con grande interesse, come se fossi l'unica persona al mondo.

Quando abbasso di nuovo lo sguardo, nel mio piatto ci sono soltanto briciole. Ops. Sono sazia di qualcosa di più del semplice cibo, ubriaca dell'attenzione di Orso. Rimane persino ad ascoltare mentre mi lagno di dovermi andare a comprare un abito.

"Voglio dire, il nero è il mio colore, ma chi si veste di nero a un matrimonio? Somiglierò alla Morte in persona."

"Chi l'ha detto che il nero è il tuo colore?"

"Oh, mia zia."

"È forse cieca?"

Mi scappa una risata. "No. Ma ha un certo modo di vedere le cose. Ha standard molto elevati, e io non sono alla loro altezza."

"Hmm." Il suo grugnito mi fa pensare che non si sia fatto un'opinione molto alta di mia zia.

Ti stai divertendo? mi messaggia Sawyer.

Oh,sì. Questo locale di spogliarelli serve dell'ottimo cibo, rispondo, per fare la spiritosa. *E posso bruciare le calorie ballando.*

Fai delle foto! Risponde immediatamente con un milione di punti esclamativi. Sorrido, mentre metto via il telefono.

"Ti sta piacendo la serata?" chiede Orso.

"Sì!" Lui e Sawyer sono in tale sintonia che c'è da aver paura. Il che mi fa venire in mente una cosa che volevo chiedere...

"Tu e Sawyer non avete mai... sì, sai," abbasso la voce, "condiviso una donna?"

"Hai intenzione di dire di sì al torneo?"

"Forse." Giocherello con la forchetta. Sono molto tentata, perciò aiutami a decidere.

Orso allunga un braccio sullo schienale della panca dove siamo seduti, dietro di me ma senza toccarmi. "Cosa possiamo fare per metterti a tuo agio?"

"State già facendo molto. Ma non hai risposto alla mia domanda. Avete già condiviso la stessa ragazza?"

"Qualche volta. Perché? Vuoi che lo facciamo a tre?"

La forchetta mi cade facendo un forte rumore metallico. Il rossore che avvampa sul mio viso risponde per me.

"Vorremmo averti da soli per alcune volte," riflette Orso. "Ma possiamo pensare a una notte tutti insieme. Se proprio lo vuoi."

"Non ho ancora detto di sì," sottolineo con tutta la dignità che riesco a tirar fuori, mentre il rossore avanza sul mio viso come una furia.

"Mmm," mormora lui, facendo correre il dito con leggerezza sulla mia spalla. "Cosa fai domenica sera?"

"Niente," stringo gli occhi.

"Ti va se ci incontriamo?"

"Intendi dire uscire insieme? Io non…"

"No, non uscire insieme. È perché tu ti senta a tuo agio con noi." La sua grande mano mi accarezza la spalla. È piacevole. "Consideralo un pre-partita. Arriverà il luna park in città."

"Potrebbe essere divertente." E il pre-partita lo farebbe rientrare nel torneo.

"Vengo a prenderti alle sette."

"Se non è un appuntamento galante, allora preferisco venire per i fatti miei. Anche se una volta mi piacerebbe salire su una delle tue auto rombanti."

"Le mie auto rombanti?"

"Le auto sportive che ci sono su tutte le tue pagine social."

"Su tutte le mie pagine social, eh?"

Uh, oh, beccata.

"Sei andata a controllarmi, piccola?"

"Dovevo essere sicura che non foste dei serial killer," gli rispondo seria.

Orso getta indietro la testa scuotendo tutto il corpo in una risata, completata dal bagliore della sua dentatura bianchissima. Un'ondata di felicità mi attraversa.

"Ed è quello che ti sei immaginata dalla mia pagina Facebook?"

"Be', lo sai anche tu. Noi donne abbiamo una specie di radar interno per individuare gli stronzi."

Un'altra risatina. "E io ho superato l'esame?"

"Sì. Sia tu che Sawyer. Sarete tutti e due al luna park?"

Il suo viso perde ogni espressione. "Vuoi vederci entrambi?"

"Bah, sì, se così potrò conoscervi meglio entrambi. È di questo che si tratta, no?" *Perché non è un appuntamento galante.*

"Vediamoci io e te al luna park. Saremo soltanto noi due." La sua mano scivola su dalla mia schiena e devo lottare per non inarcarmi come un gatto. Mi sto già abituando al suo tocco. "Sawyer potrà stare con te un'altra volta."

È sbagliato godere del fatto che si litighino per avermi? Questo torneo potrebbe fare un gran bene alla mia autostima. Peccato che abbia deciso di non prendervi parte.

"Okay, al luna park," gli confermo, perché anche se dovessi dirgli adesso che non se ne fa nulla, è più facile resistere davanti a una cheesecake al cioccolato che dire di no a Orso.

CAPITOLO 3

RE-PARTITA

LE MIE DITA stanno stringendo il bordo degli short mentre aspetto davanti all'ingresso del luna park. Non indosso molto spesso gli short o una canotta così striminzita, ma oggi fa caldo e non voglio ritrovarmi tutta sudata. È finita l'epoca dell'abbigliamento da mormoni. Oltretutto, questi short sono abbastanza larghi da farmi sentire comoda. Non c'è il rischio che salgano troppo o si appiccichino alle gambe. Di solito evito di indossarli fuori di casa nel caso dovessi incontrare mia zia, che non mancherebbe di darmi una lezione sull'inopportunità di sfoggiare la cellulite.

La folla si divide e ne emerge Orso. I raggi del sole gli colpiscono le larghe spalle, accarezzandogli morbidi il profilo. Se ascolto con attenzione, posso sentire il debole suono di un coro angelico. Mister Perfetto.

Quando mi vede mi sorride, e io agito la mano come una deficiente. Con il sorriso che si allarga sotto gli occhiali a specchio, si avvicina lentamente finché non si staglia su di me. Per un attimo ho il timore che decida di baciarmi in pubblico facendomi sciogliere fino al midollo. Ma si limita a posarmi una mano sulla schiena. Ancora questa cosa di toccarmi. Potrei anche abituarmici.

No, no, no. Non mi ci abituerò. Non è un appuntamento galante. È soltanto un pre-partita. Qualunque cosa voglia dire. Cosa comporta un pre-partita? Passare dalla prima alla seconda base? Quando inizierà il torneo, salteremo direttamente alla terza base. Un fuoricampo, subito. Per ora però abbiamo questa faccenda del pre-partita. Significa che inizieremo dalla prima base? E cos'è tra l'altro la prima base? Da quello che ricordo dai tempi della scuola vuol dire baciarsi. La seconda base sarebbe toccarsi, nelle parti proibite. Alle superiori lo chiamavo palpeggiamento a cazzo di cane, ma Orso e Sawyer saranno sicuramente molto meno maldestri.

E poi c'è la terza base, fare sesso. E per quanto riguarda l'interbase? Sarà il sesso orale? E se le basi sono soltanto tre, come può essere classificato un ménage à trois? Come due partite una di seguito all'altra?

Sono un disastro con lo sport. E con le metafore sportive.

"A cosa stai pensando?" chiede Orso mentre camminiamo tra la folla. Ha comprato cibo e birra e per l'ennesima volta mi sono scordata della ferrea promessa fatta a me stessa di non mangiare mai davanti a un uomo. Un'altra cosa su cui riflettere.

"Boh, a niente."

"Sono cinque minuti che ti vedo con un'aria particolarmente assorta e accigliata."

Alla faccia dell'espressione impassibile. "Sono un po' preoccupata da tutta questa storia," dico nel modo più sbrigativo possibile.

Orso mi conduce sul lato della passerella di passaggio e si piazza davanti a me. "Che ne diresti di smettere di preoccuparti?" Mi mette una ciocca di capelli dietro l'orecchio. "Che ne diresti di limitarti a rilassarti e lasciare che noi facciamo il resto?"

"Della serie, chiudi gli occhi e pensa ad altro?"

"Preferirei che pensassi a me."

Brividi. "Ci posso provare." Non sono sicura di poter fermare completamente il mio cervello, ma Orso sembra convinto di quello che dice.

"Non ti devi preoccupare," mi fa, e la mia tensione si allenta come se non avessi fatto altro che aspettare per tutta la vita di sentirmelo dire. "Devi solo rilassarti e lasciare che faccia io. Ti fiderai di me?"

Apro la bocca per rispondergli quando intravedo un viso familiare.

"Oh no." Mia cugina e il suo perfetto fidanzato stanno camminando lungo la passerella di passaggio, sfoggiando i loro sorrisi a mille watt, come modelli pronti a essere immortalati. Non si sa mai che al luna park scattino delle foto da usare per farsi pubblicità. *Una coppia felice che si diverte.*

Afferro il braccio di Orso. "Dobbiamo nasconderci." Me lo trascino dietro infilandomi in un allestimento a caso. Lui mi segue docilmente, unico motivo per cui tra l'altro riesco a tirarmelo dietro. Dopo un'anticamera buia entriamo in un corridoio stretto, dove da ogni lato si vedono le nostre immagini distorte. Siamo in una casa degli specchi. Fantastico. Come se guardarmi allo specchio non mi spaventasse già abbastanza.

"Perché ci stiamo nascondendo?" Orso sembra divertito.

"C'era mia cugina. Non voglio che ci veda." Mi rendo conto di aver detto una cosa offensiva. "Non perché mi metta in imbarazzo essere vista con te, sia chiaro. Più che altro è imbarazzante per te essere visto con me." Giriamo un angolo e io evito di guardare lo specchio. "Arriverebbe alle orecchie di mia zia, che è una che si immischia nelle faccende altrui. Oltretutto, non dovrei andare in giro in short…" Mi fermo di colpo e prendo poi corridoi a caso, cercando di trovare l'uscita da questo labirinto. "Ahh!" Apro una porta dipinta di nero come le pareti, ma è uno sgabuzzino.

"Evie." Orso mi prende per un braccio. Azzardo un'occhiata allo specchio e mi concentro sul suo viso riflesso. Non ha alcuna espressione. "Aspetta. Perché non dovresti uscire in short?"

Disastro. Non avrei dovuto dire niente. "Mia zia dice che ho le gambe troppo corte e che perciò mi stanno male. Dovrei cercare di coprirle."

Gli esce un rombo che sembra una specie di ringhio. "E cosa vorrebbe che indossassi?"

"Non lo so. Non è mai contenta. Un burka, magari? Sarei anche disposta a metterlo, e se mi potesse togliere la seccatura di dovermi comprare un abito per il matrimonio, dovrò prenderlo seriamente in considerazione. Il burka, intendo dire." Uffa, sto divagando. "Credo che quella sia l'uscita." Faccio per avventarmi verso quella che ho percepito come tale, ma Orso mi tira indietro.

"Evie…"

"Possiamo uscire, per favore? Questo posto mi sta mandando fuori di testa." La verità è che sta diventando difficile evitare di guardarmi allo specchio. Non ho certo bisogno di vedermi in uno specchio di quelli che ti ingrassano. Sono già grassa abbastanza in uno specchio normale.

Senza dire una parola, Orso va verso sinistra, trascinandomi nella sua scia. Arriviamo all'uscita e io tiro un sospiro di sollievo. Scruto attentamente la passerella di passaggio. "Non ci sono più."

Il pensiero mi colpisce appena rientriamo sulla passerella. Orso ha appena potuto ammirare da un posto in prima fila uno dei miei particolarissimi momenti di follia.

Abbasso il capo facendo scendere i capelli sul viso. "Forse è meglio se ce ne andiamo."

"Evie..."

"Non ho tutte le rotelle a posto." Scuoto la testa, incapace di guardarlo negli occhi. "Ho avuto un momento da psicopatica. Mi spiace che tu abbia dovuto assistervi."

"Ehi," dice, mettendomi le mani sulle spalle. "Non sei semplicemente pronta a farti vedere con me dalla tua famiglia. Lo posso capire. E va bene così."

"Okay," dico solo con la bocca, ancora senza guardarlo.

"Non hai ancora risposto alla mia domanda. Ti fiderai di me?"

Mi mordo il labbro e annuisco.

"Dillo ad alta voce, Evie."

"Mi fido di te."

"Grazie." Mi dà una strizzatina. "Se incontriamo tua cugina ci nascondiamo. A meno che tu non ti sia stancata...?"

"No." Adesso che mi è passato lo stress, non ho voglia di tornare a casa. "Voglio restare. Con te."

Facciamo una deviazione verso una bancarella e lui compra un cappellino con la visiera e me lo posa delicatamente sulla testa.

"Un travestimento?" dico scherzando.

"Un souvenir."

Una gradevole sensazione di calore si diffonde nel mio corpo. *No, no*, mi rimprovero. *Niente sentimenti. I sentimenti fanno male.*

È solo mentre siamo seduti su una ruota panoramica, salendo verso il cielo, che accetto che i sentimenti di felicità possano anche non dileguarsi subito. Orso mi tiene una mano sulla schiena, e mi accarezza i capelli. È la situazione più intima che abbia mai vissuto con un uomo, e non siamo neanche nudi.

I nostri seggiolini oscillano piano, mentre ci alziamo al di sopra del luna park. È sceso il buio e l'aria si è rinfrescata. Tremo un pochino e lui mi stringe di più a sé.

"Hai freddo, piccola?"

"Sto bene." Studio i suoi lineamenti. Il suo corpo è potenza allo stato puro, muscoli scolpiti nella roccia. Il suo viso non è bello in senso classico, ma gli occhi scuri, la linea decisa del naso e il mento arrotondato rafforzano l'idea di potere maschile. La sua mascella è così forte che potresti rompertici sopra il pugno. Se Orso venisse preso e trasportato in un'altra epoca sarebbe un guerriero, un gladiatore, una montagna di muscoli in grado di affrontare un esercito.

Ma non so come, quando parla o tocca me ha una delicatezza disarmante. "A cosa stai pensando?"

Mi ha seguita nella casa degli specchi senza scomporsi quando sono andata fuori di testa. Potrei anche confidarmi con lui.

"Anche prima mi hai chiesto a cosa stavo pensando. Ti ho detto che ero preoccupata ma mi era anche venuto in mente di chiederti: nel pre-partita, quali sono le regole? Ci si tocca? O si fa di più che toccarsi? Si può paragonare alla prima base? Anche se non sono più così sicura di cosa sia una prima base. Mi immagino che la terza base sia... *be', lo sai.*" Mimo con la bocca la parola 'sesso' come se fosse un grande segreto. "Ma non mi ricordo in quale base ci sia il sesso orale. E nell'interbase?"

Sto blaterando, ma gli angoli della sua bocca e degli occhi si socchiudono in quella che spero sia un'espressione divertita.

"Il paragone delle basi andava bene alle scuole superiori, ma ora credo che abbiamo bisogno di più passaggi. Forse dovremmo usare un altro sport per vincere." Ci penso un po' sopra. "Tipo... il tennis. All'inizio c'è il 'love'." Spalanco gli occhi quando mi rendo conto di quello che ho appena detto. "Non 'love' nel senso di amore! Nel momento in cui inizi la partita, nel tennis, voglio dire. Nel tennis, 'love' significa 'zero' anche se non riesco a capire perché gli inglesi abbiano deciso di utilizzare questo termine..."

Orso inclina la testa e mi sfiora le labbra con le sue. Io le apro e il suo sapore penetra dentro di me: caldo, birra e qualcosa di deliziosamente gustoso che è tutto suo. La sua mano risale sul mio viso e mi prende la guancia a coppa, mentre le sue labbra bevono dalle mie, a piccoli sorsi all'inizio, poi sempre più avide, chiedendo di più. La sua lingua scivola nella mia bocca provocandomi una scossa ai capezzoli.

Si ritrae lasciandomi quasi ubriaca.

"Prima base," afferma con sicurezza.

Love. Un bacio. Gioco, set, e match.

Temo di essere già fottuta.

* * *

LA MATTINA dopo mi sveglio con il ricordo del bacio di Orso che mi formicola sulle labbra. Nella notte, dal mio cuore sono partiti viticci gioiosi che sono arrivati alle mie membra per poi fiorire in boccioli di rosa color corallo.

Tutto questo per cercare di trattenere le mie emozioni.

Poi mi ricordo del momento in cui ho sbroccato. Dio santo, ho davvero detto tutte quelle cose?

Non mi stupirei se oggi mi mandassero un messaggio in cui dicono di voler annullare tutto. Non so se rimarrei delusa o mi sentirei sollevata.

Delusa, di sicuro. Tuttavia, farei meglio a chiudere tutto adesso, prima di farmi davvero invischiare. Giusto?

Mi piazzo dietro la scrivania dicendomi con severità che mi devo concentrare. Ben vi ha già lasciato sopra un mucchietto di lavori suoi da completare. Non c'è tempo per distrarsi. Niente accesso ai social media. Vietato andare a fare stalking su Internet.

Fino a che non ricevo un'e-mail da Mina. Una sola frase: *Pronti a partire!*

Afferro il telefono. Alle undici del mattino non è così presto da non poter fare la pausa pranzo, giusto? Esco di soppiatto e vado sulla mia auto per telefonarle.

"Ne sei sicura?" le dico prima ancora di lasciarle il tempo di salutarmi. "Niente storie losche? Niente di niente?"

"Niente. Orso ha un'attività, due anzi. Un'officina meccanica e una carrozzeria. Vanno così bene che ha già ripagato il fratello dell'investimento iniziale, e in più ha ottenuto dei profitti. Lo sapevi che Orso non è il suo vero nome?"

"No... be', ho immaginato che fosse un soprannome."

"Già. Comunque! Sawyer è un po' un vagabondo, ma è un bravo ragazzo. Si occupa di fotografia, come lavoro extra."

Non so se sentirmi delusa o euforica. "Hai guardato dappertutto? Anche sui social media?"

"Sì, e fammi dire che è stato pesantissimo dover guardare tutte quelle foto di Sawyer che fa surf. E Orso evidentemente si allena di continuo perché... accidenti che fisico!"

Il mio stomaco fa una capriola. Vedo montaggi di scene a torso nudo nel mio futuro. E non sono terrorizzata come dovrei essere.

Mina interpreta erroneamente il mio silenzio. "Cosa c'è? Avresti preferito che scoprissi qualcosa?"

"No. No, va benissimo. Grazie, Mina."

"Hai detto che erano interessati a te?"

"No, è più... è più una scommessa tra di loro. In cui sono coinvolta anch'io." Mi copro la faccia con le mani, sentendo salire il rossore. Meno male che Mina non può vedermi.

"Devi raccontarmi tutto. La maggior parte delle ragazze darebbe qualunque cosa per essere coinvolta con quei due. Già alle superiori quei ragazzi potevano farsi una scopata ogni volta che ne avevano voglia."

"Già." Motivo per cui non ha nessunissimo senso che

vogliano scopare con me. Non devo dimenticarmene. "Grazie, Mina."

"Come ricompensa puoi raccontarmi tutto quando tornerò a casa per il giorno del Ringraziamento."

"Buona idea." Qualunque cosa io possa avviare con Orso e Sawyer sarà finita per allora. Mi sarò divertita - o magari no - e tutto questo non sarà che un ricordo. "Prometto che ti racconterò tutto."

"Devi mantenerla questa promessa," fa Mina, e poi aggiunge: "Sono dei gran fichi, ragazza. E anche tu lo sei. Vai a prenderteli."

Rimango seduta in auto per qualcosa come un milione di anni, con la mano fossilizzata attorno al telefono. Devo prendere una decisione. Sono in un film di Indiana Jones, su uno stretto lembo di roccia tra due baratri. Su di un lato sbadiglia la mia vecchia vita: noiosissima, appartamento da zitella, serate passate in casa. Alla fine cedendo all'impulso adotterò un sacco di gatti. O come minimo mi prenderò un altro cactus perché faccia compagnia a Spinone.

Sull'altro ci sono Orso e Sawyer. Una bella bistecca di prima scelta. Tartaruga addominale abbronzata. Cazzi duri. Occhi espressivi. Puntati su di me, al rallentatore, l'inizio di un filmino porno tutto mio. Vogliono giocare? Vogliono mettersi in competizione? Darò loro il gioco più fantastico della loro vita. Potranno contendersi il trofeo e nel frattempo farmi avere degli orgasmi.

In un modo o nell'altro, io ne uscirò vittoriosa.

Faccio il numero di Orso. Continua a squillare. *Dai, su.* La chiamata va a finire direttamente sulla segreteria telefonica con un bip.

"Ciao, sono Evie," parlo in fretta per non perdere il coraggio. "Ci sto."

* * *

"Piccola." La voce di Orso arriva profonda nel telefono. Vi si percepisce un sorriso. Le mie viscere si arricciano formando graziosi fiocchi rosa. Rosa corallo.

"Ciao."

Mi accorgo che sto attorcigliando una ciocca di capelli attorno al dito come la caricatura di una donna in agitazione e scosto la mano.

"*Nervosa?*"

"Un po'. Non ho mai fatto una cosa del genere."

"Ci andremo piano con te."

"Può darsi che preferisca che ci andiate giù duro." Mi copro la faccia mentre una vampata di rossore mi sale dal petto al collo, diretta al viso. Devo imparare a tenere sotto controllo questa predisposizione ad arrossire, altrimenti ogni volta che faccio una battuta rischio di diventare rossa come un pomodoro.

Orso fa una risatina, così profonda e deliziosa che mi sembra di poterla assaporare. Ma che bistecca, questo è un cuor di cioccolato. Che a me fa malissimo, ma che è però buonissimo. "Non ti preoccupare, piccola. Avrai entrambe le cose."

Sìììììììììììììììììì.

"Vieni a pranzo con me."

"Non posso. Lavoro. Ho già fatto la pausa pranzo."

"Hai mangiato?"

No, sono seduta in auto dopo aver parlato con Mina e averti lasciato un messaggio. Sono qui che cerco di riprendere fiato. "Qual è la tua definizione di 'mangiare'?"

"Evie." Nella sua voce percepisco una sfumatura di disapprovazione, ma non affilata e tagliente come quella di mia zia. Lui ci tiene a me. "Devi mangiare."

"Mangerò." Stasera. Forse. Devo mettermi a dieta prima di comparire nuda davanti a Mister Modello muscoloso da rivista maschile n. 1 e n. 2.

"Cosa mangerai?"

Acc, le domande... "Un'insalata…"

"Con?"

"Pollo?"

"E?"

"E una mentina per l'alito?"

Un basso brontolio mi dice che non era la risposta giusta.

"D'accordo, d'accordo, prenderò un'insalata e un mezzo panino." Un'insalata da sola comunque non mi riempirebbe.

"Brava, ragazza" fa lui. "Ti chiamo stasera."

Riattacco, lievemente perplessa. Mi ha chiamata per gloriarsi della sua conquista? In realtà per tutta la telefonata non ha fatto che interrogarmi sulle mie abitudini alimentari. Il suo potrebbe essere scambiato per un atteggiamento da prepotente, ma in realtà non lo è.

Si direbbe che in effetti si preoccupi per me. Scuoto la testa e mi dedico a ordinare da mangiare.

Dopo aver fatto fuori un panino mi sento meglio. Con lo stomaco pieno, mi è più facile abbassare la testa sulla scrivania e immergermi nel lavoro.

Quando la alzo di nuovo, vengo premiata da un messaggio di Sawyer.

Com'è andata al luna park?

Splendidamente. Ho sbroccato di brutto ma per fortuna il bacio di Orso vi ha posto rimedio. Questo non glielo racconto.

Lo devi anche a me.

Che cosa? Resisto all'impulso di aggiungere una sfilza di punti esclamativi.

Il pre-partita. Orso ha avuto il suo. Ora tocca a me.

Giusto. Perché è una gara. E Orso ha decisamente avuto il suo.

Okay. Cos'avrà raccontato Orso a Sawyer del nostro momento sulla ruota panoramica? *Cosa faremo?*

Stavo pensando... al baseball. O preferisci il tennis?

Vaffanculo. Orso gli ha raccontato tutto.

* * *

IL PRE-PARTITA con Sawyer è un picnic al parco.

"Orso dice che non devi limitarti a mangiare un boccone." Sawyer prepara un piattino con dentro olive, formaggio e hummus.

"Gli piace proprio dare ordini."

"Già. Be', ti abituerai."

Afferro un cracker e do un morso.

"Tennis." Sawyer fa un cenno verso i vicini campi da gioco. Scuoto la testa. Sapevo che me ne sarei pentita.

Sgranocchio fette di cetriolo guardando i giocatori di tennis, fino a che Sawyer mi lancia un'oliva. "A cosa stai pensando?"

"È vero che voi due siete sempre in competizione su qualsiasi cosa?"

Sawyer alza le spalle. "Era vero alle superiori. Dopo il diploma, lui si è concentrato sulla sua attività e io ho viaggiato nel circuito del surf."

"Cosa ti ha indotto a tornare?"

"Chi dice che io sia tornato? Vado dove mi porta l'onda." Si sdraia di schiena sul plaid, abbastanza vicino da spargere i riccioli biondi sulla mia gamba. Carezzo una ciocca setosa.

"Sembrate così diversi tu e Orso. Tu sei uno spirito libero mentre lui è uno coi piedi per terra."

"Abbiamo diverse cose in comune. In fatto di gusti sulle donne, per esempio."

Alzo gli occhi al cielo.

Terminato il picnic, andiamo a passeggiare in una via molto trafficata.

"Evie." Sawyer mi prende per mano per farmi fermare. Sull'insegna sopra le nostre teste c'è scritto *Taboo*.

Gulp. Siamo davanti a un sexy shop.

Sawyer inarca un sopracciglio in una sfida silenziosa. La vecchia Evie avrebbe protestato e sarebbe arrossita fino alla radice dei capelli. Quella nuova entra decisa nel negozio.

Sawyer fa in tempo ad aprirmi la porta. Con un sorriso gelido, gli passo davanti come fosse una cosa che faccio ogni giorno. Finché non vedo la parete dove sono esposti i vibratori e mi fermo di colpo.

Sawyer mi passa davanti, tenendo le mani in tasca. Scruta l'esposizione sgargiante come farebbe il visitatore di un museo d'arte. "Allora," dice, "cosa gradisce, signorina?"

"Sul serio?"

"Sarà utile sapere cosa ti piace." Alza le sopracciglia. "Vedi qualcosa di tuo gusto?"

I miei occhi si fissano su un lucido dildo violetto con svariati pulsanti. La punta si biforca in due. Perché mai?

"Forse sì." Entro in una seconda stanza più piccola e mi fermo. Le pareti sono rivestite di pelle borchiata di metallo. Guinzagli, fruste, sculacciatori… Allungo la mano e accarezzo un frustino da fantino dall'aspetto inquietante, incapace di trattenermi.

Sawyer emette un suono curioso, a metà tra un gorgoglio e un gemito. I suoi occhi esprimono libidine allo stato puro.

"Sono curiosa," butto lì, facendo scorrere il dito su un *ball gag*. "Se volessi provare una cosa del genere…"

"Dimenticati della gara. Ti rapisco e ti porto subito nella mia stanza segreta sadomaso."

"Perché, tu hai una stanza segreta sadomaso?" Non riesco a nascondere l'eccitazione.

"No, ma dammi un'ora di tempo." Fa la scena guardandosi attorno nella stanza. "Mi faccio alzare il massimale della carta di credito e ne allestisco subito una."

Gli mostro uno *strap-on* con dildo, con tanto di immagine di una dominatrice e di un uomo incappucciato in ginocchio. "Forse sono io quella che vuole fare il rapimento."

"Io ci sto se tu sei su quella linea."

Faccio finta di prendere in considerazione l'ipotesi, continuando a esplorare. Non riesco a credere di non essermi ancora sciolta in un lago appiccicoso.

Un'esposizione di oggetti simili a lampadine mi fa fermare. Alcuni sono di metallo, altri di silicone, altri ancora hanno un gioiello alla base.

"Cosa sono…" Spalanco gli occhi quando leggo il nome sulla targhetta.

"Hai mai provato un *plug* anale?"

Scuoto la testa.

"Ti piacerebbe provare?"

"Almeno una volta mi piacerebbe provare tutto."

Fa un gemito. "Aspettami un momento. Hai vinto tu questo round."

Quando lascio la stanza, lo trovo che sta comprando qualcosa.

"Che cosa…?" Faccio per prendere la borsa ma lui l'allontana.

"Lo scoprirai. Se fai la brava."

Lo prendo a braccetto. "Tu però preferisci se faccio la cattiva ragazza." È ufficiale. È un'altra Evie quella che divento quando sono con questi due ragazzi.

"Gelato?" chiede dopo aver camminato per mezzo isolato.

"Non per me."

Di colpo, tutta la mia spavalderia svanisce. Non potrei mai mangiarmi qualcosa di dolce davanti a questo fico esagerato. Si staranno già chiedendo tutti cosa ci faccia in giro con una cicciona.

Senza mettersi a discutere, si compra un cono e mi porta lungo la via. Mi prende la mano con quella che ha libera e la stringe. Ci siamo già allontanati parecchio dal negozio, avvicinandoci allo stadio di baseball della città, quando mi trascina in una zona all'ombra accanto a un muro.

"Il tuo gelato si sta sciogliendo," lo avverto.

Piega la testa e fa passare la lingua attorno alla pallina che sgocciola. Eh sì, sono gelosa.

"Aiutami." Inclina il cono verso di me e io mi allungo in avanti, prendendo un po' di crema con la lingua. Mi attira più vicino, per poter leccare il gelato contemporaneamente.

Lecca di qua e lecca di là, le nostre lingue potrebbero incontrarsi da un momento all'altro.

Una luce esplode sopra le nostre teste e io faccio un salto.

"Tranquilla." Mi mette un braccio attorno alle spalle. "Sono solo fuochi d'artificio. Li sparano sempre in occasione della prima partita della stagione." Un fischio, e un'altra esplosione di luce rossa e blu.

Senza riflettere, mi appoggio al corpo caldo e forte di Sawyer e lui mi prende tra le braccia. Fuochi d'artificio che illuminano il cielo, gelato cremoso sulla lingua e un ragazzo fichissimo che mi abbraccia sono la sintesi di una serata perfetta. Sawyer è il tipo di ragazzo dietro il quale avrei sbavato alle superiori, ma a cui non avrei mai osato avvicinarmi. Non me la sarei sentita di sfidare le folle di cheerleader da cui sarebbe stato circondato, meno ancora di affrontare la loro derisione per non essere abbastanza snella e pimpante. Ma stasera, stare con lui mi viene naturale, più di quanto non credessi.

È soltanto un gioco.

Abbandono il capo sulla sua spalla, rilassandomi con il corpo contro di lui. Il mio fondoschiena gli sfiora l'inguine e Sawyer mi mormora all'orecchio.

"Evie." Mi gira verso di sé e mi afferra il mento, tenendolo fermo. Nel cielo sbocciano fuori di fuoco quando abbassa la testa e mi bacia appassionatamente. Una vampata di eccitazione mi sale dalle gambe, arrivando a titillare i capezzoli del seno. Le labbra di Sawyer si muovono sulle mie, la sua lingua mi lecca come fossi un gelato che si sta sciogliendo. E in effetti mi sto sciogliendo. Gli afferro le spalle aggrappandomi a lui come se fosse questione di vita o di morte.

Interrompe il bacio. Per un attimo rimaniamo in silenzio, entrambi con il petto ansimante.

"È stato…" Mi tocco le labbra intorpidite.

"Fantastico," dice Sawyer soddisfatto. Mi gira di nuovo per farmi vedere lo spettacolo di luci, tenendomi contro il suo corpo. Dentro di me tutto sta cantando.

"Sawyer," sussurro, ma lui mi interrompe, rompendo l'incanto.

"Adesso Orso e io siamo pari."

* * *

"COM'È ANDATA la serata con Sawyer?"Sono passati alcuni giorni dal pre-partita con lui e sono seduta sul divano con la TV in silenzioso, parlando al telefono con Orso. Ha preso a chiamarmi ogni sera, mentre con Sawyer ci mandiamo messaggi per tutto il giorno. Non voglio ammettere l'impazienza con cui attendo di sentire la voce roca di Orso dall'altra parte del telefono, anche se è sempre molto serio. Sawyer flirta di più.

Mi tocco le labbra, dove porto ancora il ricordo del bacio di Sawyer. Mi ha sollevata da terra facendomi fluttuare in cielo insieme ai fuochi d'artificio. Non è stata colpa sua se mi sono scordata che era soltanto un gioco. Nel momento in cui me l'ha ricordato, sono tornata con i piedi per terra.

"Incredibile. Siete perfettamente in pareggio." Ecco, l'ho detto. La mia voce è leziosa e civettuola, senza incrinature che potrebbero tradire i sentimenti incerti e vulnerabili che provo. Cosa assurda, perché non dovrei provare alcun sentimento. Prendo un bel respiro e cambio argomento. "Siamo andati in un sexy shop."

"Me l'ha detto." La libidine allo stato puro che sento nella voce di Orso fa dileguare la mia incertezza. Mi raddrizzo sul divano.

"Ah, sì?" dico seducente. "E cosa ti ha raccontato?"

"Abbastanza per avere conferma che tu sei esattamente quella che volevamo, forse anche di più."

Affondo di nuovo sul divano, con il petto ansimante. Potrei quasi venire per questo sottile complimento. Sentirsi desiderata è il migliore degli afrodisiaci.

"Prima di iniziare, dobbiamo discutere le modalità."

"Le modalità?"

"Le modalità della sfida. Ciascuno di noi avrà tre possibilità con te, da solo." Noto che non usa il termine 'appuntamento'. Decisamente qui non si tratta di uscire o non uscire con me. "Se per allora non avrai stabilito chi sarà il vincitore, allora ci sarà ancora un ultimo round."

"Okay." Sono contenta che ne stiamo parlando al telefono. Prima o poi smetterò di avvampare alla sola idea di stare con loro. Spero. Dopo tre sessioni con ciascuno dei due sarò una donna di mondo, sicura e sofisticata. Pronta a saltare a letto con un gran fico senza alcuna inibizione. Senza un groviglio di emozioni incasinate dentro di me.

"Parlare al telefono o scambiare messaggi non vale come round. La cosa migliore è poterci conoscere quanto più possibile. Devi sentirti a tuo agio con noi." Fa una pausa. "Pensi di poterci riuscire?"

"Sì." Sono disinvolta e calma come una stella del cinema sul tappeto rosso. Tutti vogliono immortalarmi. Io rimango imperterrita davanti al flusso infinito dei flash delle macchine fotografiche.

Reciterò questo ruolo, mentre loro due fanno i loro giochi.

"Buona fortuna" gli dico educatamente, poi ci ripenso. Forse siamo come su un palcoscenico, dove augurare buona fortuna porta male. "In culo alla balena. O mettilo in culo alla balena." Accidenti, no, questo non andava per niente bene.

"C'è dell'altro," prosegue dopo una pausa, durante la quale mi cospargo il capo di cenere per essere la persona più imbranata sulla faccia della terra. "Abbiamo delle regole."

"Regole. Del tipo... niente rimbalzi?" Sorrido della mia battuta di carattere sportivo.

"Regole che ti riguardano."

Mi tiro di nuovo su a sedere dritta, non sapendo bene cosa dire.

"Alcune le imparerai strada facendo. Ma se accetti l'accordo, ce n'è una che devi sapere fin da subito. Finché facciamo questo, tu non potrai venire."

"Credevo che il punto fosse riuscire a farmi avere degli orgasmi."

"Ed è così. Ma non senza il nostro permesso."

"Per cui quando sono da sola…"

"Puoi chiedere il permesso. E starà a noi concedertelo o meno. E quando sei con noi dovrai chiedercelo. Ogni volta." La sua voce è mortalmente seria.

"Date per scontato che sarò in grado di avere degli orgasmi."

"So che lo sarai."

"Okay, benissimo. Chiederò il permesso." Una punta di eccitazione si accende nella mia fica. A quanto pare questo accordo non mi dispiace. Che stranezza. "Ci sono altre regole che mi vuoi comunicare?"

"Per adesso va bene così. Ti senti pronta?"

Faccio un respiro profondo. Sono una donna sofisticata e suadente, pronta a imbarcarsi in una relazione con una coppia di uomini. È come *Sex in the City* senza le fantastiche scarpe che si vedono nella serie. "You had me at *hello*, mi hai convinta dicendo *ciao*. O, in questo caso, dicendo *orgasmo*."

"Bene, piccola. Allora stavolta si parte." La sua voce si fa più profonda. "Dove sei?"

"Sul divano, sto guardando la TV."

"Spegnila," mi ordina.

Perplessa, un po' incuriosita dal fatto che gli sto obbedendo, faccio come mi chiede.

"Hai addosso qualcosa?"

"Sì, quello che mi metto per andare a letto. Maglietta e pantaloncini."

"Vivi con qualcuno? Coinquilini, piccola," chiarisce quando mi sente esitante.

"No."

"Allora togliti i pantaloncini. D'ora in poi dormirai soltanto con la maglietta."

Deglutisco. "Okay."

La sua voce cambia di nuovo, diventando più gentile. "È tutto okay?"

"Ehm, sì." Faccio un check-up mentale. Il mio corpo sta fremendo di eccitazione.

"Se ti dico di fare qualcosa che non ti va me lo dici, okay?"

"Okay."

"Bene, piccola," canticchia romantico, e io sento il calore diffondersi dentro di me. "Mettimi in vivavoce adesso." Aspetta che gliene dia conferma, poi mi ordina: "Levati le mutandine."

Oddio. Oddio. Le mani mi tremano leggermente mentre me le tiro giù.

"Siediti comoda sul divano e allarga le gambe."

Gli obbedisco, un po' ansimante. Mi sento sul pezzo, viva, come se fossi entrata in una nuova dimensione. "Orso?"

"Sì, piccola?"

"Niente. Non importa." Sdraiandomi, lascio che le mie

gambe si aprano. L'unico modo per sentirmi più eccitata di così sarebbe se si aprisse un portale davanti alla mia TV e apparisse lui che mi guarda.

Oddio. Stavo per avere un orgasmo solo a sentirlo dire cosa dovevo fare.

"Lo sai cosa arriva adesso, giusto?" La sua voce è bassa, inebriante. Sulla mia circolazione ha lo stesso effetto di un alcolico. "Toccati."

"Cazzo," dico in un soffio.

"Niente parolacce. Un'altra regola."

Il soffio del mio respiro si trasforma in una risata. "Non posso dire parolacce?"

"Se lo fai dovrai affrontarne le conseguenze."

"E quali sono le conseguenze?" Adesso sono davvero curiosa.

"Disobbedisci e lo scoprirai. Ti stai toccando?"

Le mie dita scivolano verso il mio punto più sensibile, con la fica che diventa più bagnata attimo dopo attimo. "Sì."

"Parlami. Dimmi come fai a venire."

Oddio. "Mi, ehm, mi tocco."

"Sul clitoride?"

"Vicino. Tipo un po' sopra. Carezze leggere." Sto farfugliando come se fossi ubriaca.

"Sei bagnata, piccola?"

Piccola. Non so come faccia a eccitarmi così, ma è quello che succede. "Sì."

"Se fossi lì, ti chiederei di farmi vedere." Le mie dita si muovono più velocemente al suono roco della sua voce che è come una tortura. "Ti farei allargare al massimo le gambe per farmi vedere tutto." Automaticamente allargo di più le gambe. La maggiore apertura scatena nuove ondate di piacere e il mio respiro si ferma. "Così, brava, continua ad accarezzarti. Da questo momento in poi lo farai soltanto quando te ne do il permesso, intesi?"

"Ah, ehm, okay." Non sono in una posizione tale da poter opporre un ragionamento logico.

"Ci sei quasi?"

"Sì." Non mi sono mai sentita così eccitata toccandomi. Forse non mi sono mai sentita così eccitata in assoluto.

"Continua. Dimmi quando stai per venire."

Non dice altro, ma la sua voce, l'immagine mentale di lui che aspetta, osserva e detta ogni mia mossa, dirige il mio piacere. Mi sto toccando con il suo permesso. Ogni nuova carezza mi porta più vicina a lui e al punto di non ritorno.

"Sì, ci sono quasi." Le mie dita si muovono più in fretta, cercando di afferrare l'orgasmo che incombe appena fuori dalla loro portata.

"Fermati."

Emetto un suono tipo "nuuh", ma lui mi ignora.

"Sei stata brava, piccola. Davvero brava. E adesso vai a dormire."

La mia fica pulsa protestando. "Che cosa? Non vuoi che venga?"

"Non stasera."

"Cazzo," mi scappa, ricordandomi troppo tardi delle istruzioni che mi ha dato. "Volevo dire, cacchio."

"Pensi di poter dormire?"

"Prima o poi," riesco a tirar fuori, strappandogli una risata.

"Mandami un messaggio domattina."

"Okay." È assurdo, basta che mi dia un ordine e io... mi sciolgo.

Riaggancio, sentendo che posso farcela. A qualunque gioco stia facendo, è un gioco che con me funziona.

"Ci sei quasi, piccola?" La voce di Orso è greve nel mio orecchio. Le mie dita sfregano il clitoride, trasformando i miei gemiti in musica. Sollevo il bacino, le dita dei piedi si incurvano. Sono bagnata, tesa e pronta a venire. "Ci sei quasi," borbotta con soddisfazione e quando mi infila dentro due grosse dita inizio a tremare...

Il telefono vibra sul comodino e mi sveglio di soprassalto. L'orgasmo si alza come un fantasma sopra al letto e se ne va. La mia fica pulsa.

Oh, mio Dio. Il primo sogno erotico della mia vita e sono quasi venuta. Afferro il telefono e spengo la sveglia. Ho le gambe di gelatina mentre vado in bagno mezza barcollante. Le mie guance sono in fiamme e i capezzoli turgidi. Che cosa mi sta succedendo?

Sotto la doccia, faccio scivolare le mani sulla pelle bagnata. Il ricordo della voce di Orso riecheggia nello spazio angusto, vibrando in profondità nella mia fica. Appoggio la gamba sul bordo della vasca e mi sfioro con un dito...

Da questo momento in poi ti toccherai soltanto quando te ne do il permesso.

Fanculo. Voglio dire, *cacchio*. Devo seguire delle regole, adesso.

Con la passera sempre pulsante, mi affretto a finire di lavarmi per precipitarmi sul telefono.Mi ha detto di mandargli un messaggio.

Buongiorno. Digito in fretta e lo invio.

La risposta è immediata. Mi stava aspettando?

Buongiorno, piccola. Dormito bene?

Non appena ho posato il capo, mi sono subito addormentata. *Benissimo. Ho fatto un sogno. Mi ha messa in agitazione. Ma era un bel sogno.* Chiarisco.

Ti sei toccata?

Sotto la doccia. Ma mi sono fermata! Sono curva sul telefono, con l'asciugamano che mi cade, i capelli che sgocciolano sul parquet, in attesa del suo verdetto.

Brava, ragazza.

Perché queste due parole sono diventate così importanti per me? Mi sento felice e sollevata abbastanza da poter fare l'impertinente. *Quindi non mi sono messa nei guai?* Ridacchio con me stessa mentre pungolo Orso.

Preferiresti esserti messa nei guai?

Poso il telefono un po' agitata. Devo preparami per andare al lavoro.

Quando torno a riprenderlo, con i tacchi che risuonano sul parquet, la domanda è sempre in attesa di risposta. Mi piace essere una 'brava ragazza', ma cosa succederebbe se facessi la cattivella?

Può darsi. In quel caso mi puniresti?

Con grande piacere.

I miei capezzoli si inturgidiscono, chiaramente visibili sotto la camicetta e il reggiseno. Il gioco sta assumendo una nuova dimensione.

Mandami un messaggio quando arrivi al lavoro, chiede secco, e accidenti se il suo ordine mi fa rizzare ancora di più i capezzoli. La mia fica si contrae, implorando di essere soddisfatta. Come farò a sopravvivere fino all'inizio del torneo?

* * *

Non è affatto giusto! Mi sfogo un giorno con Sawyer mandandogli un messaggio.

Che cosa?

Orso continua a farmi attizzare senza lasciarmi venire. Mi sento come una specie di giocattolo!

Ed è una brutta sensazione?

Ci rifletto. *No, in realtà è eccitante.*

Mi invia l'emoji di un diavolo che sogghigna. Posso quasi sentire la sua risatina perversa.

Il perfido.

Ti piace un casino.

Nascondo il telefono quando il mio capo mi passa davanti. Ho preso l'abitudine di arrivare presto in ufficio e di sbrigare il lavoro che ho da fare prima di mezzogiorno. Sawyer di solito inizia a mandarmi messaggi dopo pranzo, dopodiché è un miracolo se riesco ancora a combinare qualcosa.

Parlando seriamente, perché Orso è così autoritario?

Gli piace che le cose vengano fatte in un certo modo.

Oh, senza dubbio. Oggi mi ha fatto fotografare il pranzo, prima e dopo, per essere sicuro che avessi mangiato abbastanza. Se devo essere sincera, la sua preoccupazione mi fa sentire davvero bene.

Che dire però delle nostre conversazioni notturne, con me che lo imploro di poter avere un orgasmo e lui che me lo nega?

Sto morendo, scrivo a Sawyer. *Non ce la farò a sopravvivere per un'altra settimana.* La gara inizia giovedì. *Scoppierò prima.*

Va benissimo, se lo farai sulla mia faccia.

Arghhhh. Anche questo è un ordine?

Sì.

Ho fatto un errore alzando la posta in gioco nel sexy shop.

"Orso, per favore," lo supplico quella sera dal letto, con il telefono premuto sull'orecchio e le mani che tremano sopra la fica, obbedendo al suo ordine di fermarmi. "Per favore, per favore, per favore."

"Sii paziente, piccola."

"Ma..."

"Buonanotte. Ricordati di mandarmi un messaggio domani mattina."

"Come potrei dimenticarmene?" borbotto, rotolandomi sul letto per gemere frustrata contro il cuscino. Questi uomini sono diventati il mio giorno e la mia notte, la prima cosa a cui penso la mattina e l'ultima prima di addormentarmi la sera. Sono un vulcano di desiderio sessuale, conto le ore, i minuti e i secondi che mancano agli incontri erotici che prima o poi verranno, il mio personale "Orgas-mageddon."

Finalmente, arriva il giorno.

CAPITOLO 4

RIMO ROUND

Orso arriva a bordo di un Hummer giallo vivo. È passata più di una settimana dall'incontro al luna park, e mi sembra ancora più grosso di come lo ricordassi. Meno male che ha proposto di andare con la sua macchina, non ci sarebbe stato modo di far entrare la sua mole massiccia sulla mia Honda Civic.

Fa il giro per aprirmi la portiera. Ho bisogno di una spinta per salire e lui mi solleva come fossi una piuma, prendendomi senza il minimo sforzo per il giro vita. Mi allaccia la cintura come a una bambina di cinque anni. La sua grande mano scivola sulla mia coscia prima di chiudere la portiera, lasciandomi con i nervi a fior di pelle.

"Hai fame?" chiede mentre si immette nel traffico. Mi asciugo le mani sui jeans. *Vestiti casual*, mi ha detto.

Si accorge del mio nervosismo. "Non hai niente di cui preoccuparti."

"Vero. Il peso è tutto su di te."

"Esattamente. Tu devi solo rilassarti e fare quello che ti dico."

Ngghhhee. Affondo un po' sul sedile. Non so perché ma quando mi dice cose del genere non posso fare a meno di arraparmi.

"Ho pensato che potremmo cenare a casa mia," dice con disinvoltura, e ora so qual è il luogo dell'Orgas-maggedon. Casa sua.

"Prima però dobbiamo fare una commissione." Entra nel parcheggio del centro commerciale.

Mi tiro su sul sedile.

"Hai bisogno di un vestito per il matrimonio di tua cugina."

"Mi prendi in giro." Può darsi che mi sia lamentata una volta di troppo della seccatura di dover trovare un vestito, ma non mi aspettavo di certo questo. "Mi offri il tuo sostegno morale?"

"Sono pronto per una sfilata di moda." Parcheggia l'Hummer e fa il giro per venirmi ad aprire la portiera.

Trascino i piedi mentre passiamo davanti a un negozio di Victoria's Secret, dove campeggia la foto gigantesca di una modella in reggiseno e mutandine che manda un bacio, facendo accrescere la mia sensazione di terrore.

"Dobbiamo proprio? Non possiamo limitarci a prendere una granita e poi andare a casa tua?" Come sono finita con l'unico ragazzo al mondo a cui piace fare shopping?

Tiro la mano di Orso, ma non c'è scampo con un ragazzo alto quasi due metri che si allena cinque giorni a settimana. Entra nel grande magazzino, andando direttamente dalla commessa.

"La mia ragazza ha bisogno di un vestito."

La commessa lo guarda sbattendo le ciglia. Io rimango un po' indietro, sperando che non mi riconosca.

"Per quale genere di occasione?"

"Per un matrimonio."

"Allora niente nero," dice, prima che io possa aprire bocca. Si dirige a tutto vapore verso la sezione abiti da cerimonia, staccandone un certo numero dai bastoni appendiabiti, con me e Orso al seguito.

Diceva sul serio quando parlava di sfilata di moda. Mi spoglio e mi rivesto in tempo record, sfilando davanti a lui, evitando accuratamente di guardarmi allo specchio. Lui se ne sta con le braccia incrociate sul petto, con i bicipiti gonfi, macho che più macho non si può anche se è attorniato da stoffe floreali. Il suo volto è impassibile, ma colgo un barlume di interesse quando riemergo con un abito blu reale.

"Delizioso," dice piano la commessa. La stoffa dell'abito si modella sul mio busto accentuando il giro vita, prima di allargarsi sui fianchi.

"È troppo stretto sul seno." Con la mano prendo la parte inferiore, ricca e svasatissima.

"Stupidaggini," fa lei. "Ha una figura a clessidra perfetta. Dovrebbe metterla in evidenza. Una vaga idea di decolleté va benissimo." Mi fa l'occhiolino.

Più che una vaga idea sembra un abisso senza fine. Evito di abbassare gli occhi per non rischiare di avere le vertigini.

"E il blu dell'abito si abbina al colore dei suoi occhi" gongola la signora. Come se tutti dovessero guardare qualcosa di diverso dalla scollatura vertiginosa.

"Perfetto," dice Orso con la sua voce roca. "Lo prendiamo."

La mia bocca si spalanca, ma non ho altra scelta. Lo sguardo che mi rivolge è una novità, ma è molto eloquente. *Rilassati e fai come ti dico.*

Mi rimetto i miei vestiti e vado verso la cassa, pensando che potrò sempre tornare a cambiare l'abito in un secondo momento, ma Orso ha già tirato fuori la sua carta di credito.

Prima che abbia il tempo di protestare, ha pagato e si è messo la busta con il vestito al braccio, con me dall'altra parte, e usciamo dal negozio.

"Ancora una tappa." Mi conduce verso il gigantesco poster con la modella in biancheria intima. Tirandomi verso...

Oh no. Oh no.

"No, no, no," dico, cercando di liberarmi dalla sua presa. La sua grossa mano mi blocca il polso, delicata ma ferrea come un lucchetto.

"Perché no?"

"Perché no?" Gesticolo in direzione della modella di intimo ad altezza stellare, innalzata a coprire tutta la parete dell'edificio. Questa donna è una dea dei tempi moderni, che ti invita a venerarla. Si potrebbe pensare di poterle trovare almeno un difetto, e invece no. Pelle perfetta. Zigomi pronunciati. Chi potrebbe competere?

"Dai," dice Orso, prima che io possa farfugliare qualche scusa sul voyeurismo dei consumatori e sulla donna vista come oggetto. La verità è che sono riuscita a evitare una crisi di nervi in uno spogliatoio, ma non credo di poter essere così fortunata da sopravvivere a un secondo.

Orso mi trascina all'interno del negozio. Siamo circondati da donne sexy fatte di cartone, che lanciano occhiate seducenti da sopra montagne di pizzi neri e rosa.

"Scegli qualcosa." Il suo ordine imperioso è come un caldo sussurro nel mio orecchio, "altrimenti lo faccio io."

Mi giro su me stessa come in trance, con le braccia allargate a mo' di zombie, e mi riempio le mani di stoffe in poliestere. Alcune commesse vanno ad attorniare la figura possente di Orso, con dei cuoricini dentro agli occhi. Lui le manda a cercare cose in varie parti del negozio, mentre io finisco in un camerino sepolta sotto reggiseni e completi intimi.

"Il suo ragazzo è molto sollecito," mi dice una delle commesse passandomi una scelta di articoli fatta da Orso. Mi trasformo in un pomodoro, rosso e rotondo. Perlomeno non mi chiederà di sfilare per lui.

Mi decido per le cose scelte da lui, se non altro per uscire al più presto dal camerino. Ancora una volta, Orso paga e prende le buste.

"Non ti piace fare shopping?" mi chiede mentre mi vengono i brividi passando sotto alla gigantografia della modella appena fuori dal negozio.

"Non esattamente. Sono troppo grassa."

Stringe gli occhi, ma non dice una parola finché non saliamo in auto.

"È il momento di darti un'altra regola."

Annuisco, con il cuore che mi salta in petto.

Gira la testa verso le buste sul sedile posteriore. "La mattina, prima di vestirti mi mandi una foto."

"Una foto?" chiedo, sentendomi attraversare il petto da un'onda calda. Qualcosa mi dice che non vuole una foto della testiera del letto.

"Sì, piccola. Mi mandi una foto in cui indossi due mutandine diverse. E io deciderò quali dovrai metterti, ammesso che per quel giorno voglia che porti le mutandine."

Sbatto le palpebre, poi mi rendo conto che deve aver detto qualcos'altro. Qualcosa che mi sono persa, tra la nebbia di libidine e smarrimento. "Scusa, cos'hai detto?"

La sua voce assume un tono più severo. "Devi stare più attenta, piccola. Hai capito le istruzioni che ti ho dato?"

Annuisco.

Orso sorride. "E sai già che se non dovessi seguire le mie istruzioni ne pagheresti le conseguenze."

Non è una domanda, ma un'affermazione. Dal modo in cui si infiamma il mio corpo sentendoglielo dire, ho la sensazione che potrebbero non dispiacermi le "conseguenze".

"Mhm," è tutto quello che riesco a tirar fuori, non fidandomi della mia voce.

Poco dopo entriamo in un parcheggio numerato davanti a una casetta a schiera. Orso mi fa strada accompagnandomi con una mano sulla schiena, apre la porta e mi fa entrare per prima. Casa sua è pulita e ha un leggero sentore di agrumi. L'open space ha un'area salotto ribassata con due scalini che conducono alla zona pranzo, dove c'è un tavolo nero da sei posti. Dietro a quello, un bancone con sgabelli neri alti separa la zona pranzo dalla cucina.

Orso mi piazza su un divano di fronte a un grande schermo TV, mi prepara un cocktail e inizia a trafficare in cucina mentre io rimango lì seduta. Esiste qualcosa di più attraente di un uomo che voglia farmi mangiare?

Non esiste nulla di meno attraente di una donna che mangia troppo. Mi ammonisce la voce di zia Jen quando sono a metà della cena.

"Dovrei mangiare di meno," dico, facendomi una reprimenda. L'unica cosa ancor meno attraente del grasso è ricordare di continuo la necessità di perderlo.

"Tu vai bene così come sei, piccola." Orso divora metodicamente tutto quello che ha nel piatto. "Avrai bisogno di parecchie calorie."

L'idea mi fa rabbrividire. Orso è così grosso che potrei stargli comodamente in grembo. Come su una specie di poltrona vivente, muscolosa e che respira. Dopo aver guardato un film, potrei girarmi e mi troverei già in posizione perfetta per cavalcarlo...

"Quindi ti alleni molto?" Lancio un'occhiata alla sua T-shirt, la cui stoffa è tesa sui pettorali. "Perché si direbbe che funzioni."

Sorride. Noto un accenno di fossetta sulla sua guancia destra.

Mi metto una mano sulla pancia. "Io dovrei fare un po' più di ginnastica."

"Posso aiutarti se vuoi." Mi mette una mano attorno al collo. "Tenerti d'occhio." Gioca per un momento con una ciocca di capelli, prima di abbassarsi verso di me. Le sue labbra mi sfiorano l'orecchio. "Ti lavorerei davvero come si deve."

Il mio cuore si ferma per un attimo e io mi blocco, aspettandomi che lui vada avanti, invece si allontana e sparecchia la tavola.

Lo seguo in cucina con le gambe che mi tremano, fermandomi accanto al bancone mentre lui riempie la lavastoviglie.

Tre appuntamenti ciascuno. In sostanza, sei notti di scopate. Ma ci sono una busta con dentro un abito e tre buste di Victoria's Secret sul sedile posteriore di questo Hummer che raccontano qualcosa di più serio. Perché si sta dando tutto questo da fare?

Gli piace che le cose vengano fatte in un certo modo, ha detto Sawyer. Dover seguire le sue regole non mi ammazzerà di certo. Devo ammettere che non mi dispiace affatto il modo in cui sa assumere il controllo. Io e il mio ex non riuscivamo nemmeno a decidere dove andare a cena, e quando insistevo perché decidesse lui poiché ero mentalmente esaurita dal lavoro, metteva il broncio.

Mi accorgo che Orso è appoggiato al bancone che mi studia, con un sopracciglio lievemente aggrottato. "Vedo che sei immersa nei tuoi pensieri."

"Già."

"Va tutto bene, piccola. Puoi lasciarti andare."

"Non so come farlo. Salvo la sera che ci siamo conosciuti, direi. Ero piuttosto sciolta quella volta." E guarda qua il risultato.

Si abbassa e mi afferra i fianchi, sollevandomi sullo sgabello. Faccio un piccolo scatto e un gridolino.

"Shh, piccola, ti tengo io." Mi fa sedere con facilità. "Rilassati, per favore."

"Ah già, rilassarmi, facile. Come ho fatto a non pensarci prima?" Sta iniziando. Orgas-mageddon. Finalmente sta succedendo.

Brividi.

"Voglio fare un piccolo esperimento."

"O-okay." Non sto a sottolineare il fatto che tutta la nostra impresa sia altamente sperimentale. Per me in ogni caso.

La sua grande mano si posa sulla mia nuca, massaggiandola con delicatezza. "Quando siamo insieme, voglio che tu mi obbedisca."

"Obbedirti? Vuoi dire... a letto, tipo?" Finora non ha certo avuto grosse difficoltà a darmi ordini. Forse l'ha fatto per abituarmici.

"Penso che funzionerebbe bene tra noi due."

Noi due? Esiste un noi due?

Deve avermi letto la domanda in faccia perché si corregge. "Ti aiuterà. Hai bisogno di spegnere il cervello se ti vuoi divertire."

"Avrei bisogno di spegnere il lobo frontale e temporale," cito un articolo che avevo letto, facendo ricerche su cosa non andava in me. "Le donne devono staccare la spina per poter avere un orgasmo."

"Proprio così," dice, e mi rendo conto di avergli dato la prova scientifica che ha ragione.

"Come fai a sapere che funzionerà?"

"Hanno funzionato finora per te? Le regole?"

"Sì. Credo di sì. Adesso ho un vestito da indossare al matrimonio." Mi muovo un po' sullo sgabello e ci rifletto.

Staccare da tutto per una sera e lasciarmi andare in balìa degli eventi? Allettante. Molto allettante.

"A te va bene così? Essere tu che controlli?" La sensazione è che farà tutto lui.

Un flash di denti bianchissimi. "Oh, sì, piccola. A me va proprio bene così."

"Va be'," dico alzando le spalle.

"Cominciamo dalle basi." Le sue mani scendono sul mio collo e sulle spalle, allentando la tensione, "Mai più denigrarti, per nessun motivo."

"Ma…"

"Lo dico sul serio. Se un ragazzo dicesse su di te le stesse cose che dici tu, gli tirerei un pugno in faccia." Ha un'espressione così intensa da farmi quasi indietreggiare, ma il modo in cui fa scorrere le mani sulle mie braccia è molto rassicurante.

"Io non mi denigro. È tutto vero."

Dalla sua gola esce un suono, ovattato e rabbioso. Un ringhio.

Il fatto che lo ignori è la testimonianza di quanto mi sento al sicuro con lui. "Cosa avrei detto per denigrarmi?"

"Hai detto che sei una cicciona."

"E infatti sono grassa."

Un altro ringhio. Le sue grosse mani si posano sulle mie spalle e le stringono leggermente.

"Cioè, ho del grasso sul corpo," balbetto.

"Non è questo che dici tu. Il modo in cui lo dici, significa 'brutta'."

Sento le lacrime pizzicarmi dietro agli occhi. "È vero."

"Piccola." La sua voce si addolcisce. "Guardami, per favore. Tu hai un corpo da pin up. Non credi che questo," con un dito mi traccia la maglietta scendendo dal seno, "e questo," mi afferra sui fianchi, prendendomi il culo tra le mani, "facciano eccitare gli uomini?"

"Ma…"

"Non voglio più sentire una sola parola." Si avvicina, mettendomi le gambe attorno alla sua vita. La sua fronte cade sulla mia e mormora, "Sei così minuta."

"No, non lo sono."

"Lo sei rispetto a me."

Apro la bocca e i suoi occhi castani incontrano i miei.

"Ti sfido a provare a ripeterlo."

"Con il rischio di… conseguenze?"

"Vedo che hai capito."

"Io sono una femminista," gli dico.

"Anch'io lo sono."

Emetto un piccolo suono tipo: "Uhuh."

"Ti ammiro e ti rispetto interamente come persona. Sei tu la padrona del tuo corpo. Quello che farò io," mi stringe un ginocchio, "è farti incuriosire abbastanza da ottenere il tuo consenso."

"E se io acconsento, poi cosa succede?"

"Farò in modo che ne sarà valsa la pena. Che ne sarà valsa davvero la pena."

"Saresti il primo," dico io quasi scusandomi.

Orso sorride, dandomi la sensazione che non gli dispiaccia essere il primo. Sembra il tipo che vorrebbe essere il primo, l'ultimo e l'unico.

A parte con me. Il nostro è solo un gioco. Mi scrollo di dosso qualunque idea di essere speciale.

"Tutta questa faccenda è piuttosto perversa," esclamo invece.

"È qualunque cosa tu voglia che sia. Ti piace finora?"

"Sì."

"Bene." Mi solleva di nuovo, portandomi sul divano. Devo ammetterlo, la facilità con cui mi maneggia è elettrizzante. Questa volta si siede e mi mette a cavalcioni su di sé. È come mi immaginavo. Anzi, meglio.

Le nostre labbra si toccano e iniziano a giocare. Intreccio le mani dietro la sua nuca e mi stringo a lui. Ha un sapore di whisky e a ogni sorso che prendo mi inebrio sempre di più. Tiro indietro la schiena accorgendomi che stavo strusciando sulla sua grossa mole. Lui mi afferra i fianchi e mi attira a sé: tutto il mio corpo freme. La sua fossetta si accentua. "Ricordati di non venire."

"Credevo che il punto fosse…"

"Senza permesso," chiarisce. "Ti ricordi?" Si sporge in avanti per prendersi il bicchiere, trascinandomi con sé. Il mio corpo si inarca impotente contro il suo.

Faccio il broncio. "Uffa, quante regole."

"Però ti piacciono."

Per nascondere quanto poco mi manca a perdere il controllo, mi allungo per prendere il mio vino. Il mio bicchiere è vuoto, così prendo quello di Orso.

"No, basta alcol. Non voglio che ti ubriachi."

Alzo gli occhi al cielo. "Va bene, papi."

Nei suoi occhi passa un lampo. "Paparino."

"Cosa?"

"Dillo."

"Paparino?"

Sotto di me sento crescere qualcosa di lungo e duro. La mia fica si contrae.

"Ti piace?" chiedo, e poi aggiungo, con un filo di voce, "Paparino?"

"Mmm," fa con voce roca. Fa girare entrambi e io mi ritrovo sul divano con lui inginocchiato sopra. Spinge una mano sul mio petto facendomi sdraiare di schiena. "Brava, piccola. Ti sei meritata un premio."

Tremo leggermente mentre mi tira giù i jeans. Le sue dita mi accarezzano sul davanti delle mutandine e d'istinto quasi chiudo le gambe di scatto.

"Oh, cazzo."

Mi stringe il sedere e mi dà una sculacciata. "Niente parolacce."

"Sì, paparino." Se fino a un mese fa qualcuno mi avesse detto che mi sarei fatta chiavare su un divano da un ragazzo fichissimo chiamandolo paparino mentre lui mi dà ordini, gli avrei chiesto di cosa si fosse fatto. Ma adesso che ho deciso di arrendermi, vedo che funziona con me. Gli ordini, il giochetto del 'paparino', tutto quanto.

Un altro suono roco, più simile a un ringhio. Le sue grosse mani mi afferrano le chiappe e mi tolgono le mutandine con una velocità da esperienza consolidata. Poi si inginocchia sul pavimento e mi mette le gambe sulle sue spalle, aprendomi completamente davanti al suo respiro caldo.

La mia testa cade all'indietro mentre mi mordicchia su dalle cosce, strizzandomi il culo con le sue grosse mani.

"Ca...volo." Distorco la parola. "Caspita. Cavallo pazzo."

"Shhhh. Lascia che il paparino ti prenda."

Oh sì. Oh, questo sì che è eccitante.

Il mio corpo si scioglie completamente sul divano. Lui mi stuzzica con il suo fiato caldo e con piccoli tocchi. Sono arrapatissima e pronta. Alla prima leccata, un fremito mi attraversa tutta.

Mi infila un dito dentro accendendo ancor più la mia eccitazione. Non posso fare a meno di muovermi un po' sul suo dito, implorando silenziosamente di avere di più. Il dito scivola più in basso, e va a stuzzicarmi l'altro buchino.

Mi fa l'effetto di un disco graffiato. Alzo la testa. "Cosa stai facendo?"

"Shh, piccola." Il suo dito, bagnato dal mio eccitamento, traccia cerchi attorno alla mia entrata posteriore. Non vorrei che mi piacesse, e invece mi piace. "Fidati di me."

"Io..." Ho le gambe che tremano, impotenti. Tiro deboli calci.

"Stai ferma," mi dice, e il mio corpo si rilassa al suo

ordine. Mi tiene in sua balia, con un dito infilato nel buchino dietro e il pollice che mi accarezza il clitoride. Fa un altro giro con la lingua e dalla mia gola escono dei gridolini. Le mie gambe si flettono, alla base della spina dorsale si stanno formando scosse elettriche.

"Non venire." Alza la testa abbastanza a lungo per darmi l'avvertimento.

"Ma…"

"No."

Non è giusto. Ogni volta che mi dice di non venire, il mio corpo si avvicina un po' di più al culmine. Le sue dita sono magiche, sparano scintille. La sua lingua mi domina totalmente fino a che l'unica cosa a cui riesco a pensare è la sensazione che mi darebbe il suo grosso cazzo. Il suo cazzo…

Al pensiero la fica si stringe attorno alle sue dita. Con tutta la libidine accumulata nelle sere in cui mi ha fatto eccitare senza permettermi di venire che preme su di me, minacciando di farmi crollare.

"Sei stata così brava." Il suo respiro mi carezza la fica, tra baci e leccate stimolanti. "Sei la mia brava bambina. Ti sei meritata un premio."

L'orgasmo sta arrivando come una luce forte che da lontano si precipita su di me, accecandomi. Quando alla fine mi colpirà, mi distruggerà completamente.

Sussurra dritto nella mia fica: "Ci pensa paparino a te."

Faccio un rumore che somiglia a un "nuuuh."

"Vieni, piccola," mi ordina, e la mia mente si svuota. Giù, molto più sotto, il mio corpo sussulta e trema.

Continua a lavorarmi con le dita e con la lingua, mentre io mugolo e sospiro, con le gambe che si tendono, le dita dei piedi che si arricciano. Il piacere si riversa su di me, togliendomi tutte le forze. Mentre giaccio ansimante, mi bacia una coscia.

"Brava, ragazza."

Giro la testa sul cuscino e fisso la stanga dura che preme sotto i suoi jeans. Faccio per toccarlo, ma lui mi ferma la mano.

"Non stasera. Stasera era tutta per te."

Sono troppo esausta per parlare. Se ne va, torna con un panno e mi pulisce, poi mi prende e mi stringe contro di sé. Io mi rannicchio sul suo corpo gigantesco come se fosse stato creato per me. Sono racchiusa tra le sue braccia. Muscoli caldi e lisci sotto le guance, le sue grandi mani allargate sulla mia schiena. L'unica cosa fuori posto è l'eloquente prominenza sotto al mio culo. Ma ci penserò domani.

Questo è solo l'inizio.

CAPITOLO 5

SECONDO ROUND

"Devo mandargli un messaggio ogni mattina e aspettare la sua risposta," mi lamento con Sawyer, infrangendo un'altra delle regole auree di zia Jen quando si esce con un ragazzo: quando sei con uno, non parlare male di un altro. Ma questi ragazzi non seguono le regole di zia Jen, perciò perché dovrei seguirle io?

"Ma tu hai accettato," sottolinea lui. "E non gli hai disobbedito." I capelli gli svolazzano attorno al bel viso, mentre entra nel parcheggio della spiaggia. Trova un posto e si china verso di me. "La signora protesta troppo, mi sembra", dice citando Shakespeare. Mi mette dietro l'orecchio alcuni capelli fuori posto, e mi dà un colpetto sul naso prima di scendere dall'auto.

Dopo la serata passata con Orso, mi è venuta la tentazione di annullare la gara. Mi ha fatto venire praticamente in due minuti, non era forse lo scopo di tutto questo? Potrei benissimo dare il trofeo del vincitore a Orso, perciò che bisogno c'è di continuare?

Il fatto che rimarrei mortalmente delusa non dovrebbe contare più di tanto. Sarebbe solo peggio se continuassi a giocare per tutto il mese.

Quando ho scritto a Sawyer che ero stata molto bene mi ha risposto: "Non hai ancora visto niente."

Dopo quello non avrei più potuto tirarmi indietro. Mi aveva intrigata troppo.

Sawyer si ferma un attimo davanti all'auto, proteggendo gli occhi con una mano mentre guarda verso la spiaggia, e io lo studio. È venuto a prendermi con la sua Jeep sporchissima, i riccioli biondi arruffati dal vento mentre guidava. Infradito ai piedi, pantaloncini da surf che cadono dai fianchi magri e niente maglietta. Non è grosso come Orso ma chi lo è? Il corpo di Sawyer è un capolavoro abbronzato, petto e addominali un muro perfetto di muscoli. Dovrebbe correre sulla spiaggia con una modella in bikini stile *Baywatch*, anziché essere qui con me.

"Evie," mi chiama Sawyer. Sbatto le palpebre e mi accorgo che mi sta tenendo aperta la portiera.

"Scusa." Prendo la sua mano e scendo annaspando. Anche lui è come Orso, mi ha aperto la portiera. Anche prima, per farmi salire.

"Stai facendo quella faccia," dice.

"Quale faccia?"

"Quella di cui parla Orso. Stai pensando male di te."

"Cosa? Per niente," dico mentendo automaticamente. Non riesco a credere che parlino di me. Mi rende nervosa ed eccitata allo stesso tempo.

"Non puoi raccontarmi delle balle." Prende un plaid e mi passa una bottiglia d'acqua grande. "Orso è bravissimo con queste cose intuitive. Dovrebbe aprire uno studio da strizza-cervelli vicino alla carrozzeria. Così la gente potrebbe farsi mettere a posto la testa mentre cambiano l'olio alla macchina."

"Ma dai, veramente?" Mi immagino Orso che gestisce un chiosco di limonate con l'insegna: *SOS psichiatrico, cinque centesimi.*

"Oh sì," dice Sawyer. "Tutti quei tipi che si fanno mettere cerchioni stravaganti o strisce da corsa sulle auto sono insicuri con le donne. O hanno almeno qualche insicurezza." Scrolla le spalle. "È uno a cui piace aiutare le persone a risolvere i loro problemi. Dopo riparare e allestire auto è il suo progetto preferito."

Ah. Fantastico. Quindi anch'io sono un progetto. "Che dire di me, allora?" chiedo allegramente. "Ho un problema di paparino?"

Sorride. "Adesso ce l'hai. Ti sta bene usare quel termine?"

Alzo le spalle. "A te piace?"

"Non come a Orso. Ma okay, va bene anche per me." Mi tende la mano. "Pronta?"

La prendo. Andrà tutto bene. Ho addosso un paio di short e una maglietta. Un reggiseno sportivo sotto.

"Niente bikini?" chiede Sawyer.

Faccio spallucce. Lui sorride scuotendo la testa. Se lo dice a Orso, probabilmente mi ritroverò a fare un altro giro di shopping.

"Allora, perché mi hai portata qui?" Guardo la spiaggia. Ci sono alcune donne sdraiate a prendere il sole, lucide di olio solare. Una saluta Sawyer e io mi giro prima di vedere la sua risposta.

"Hai mai fatto surf?" chiede.

"No...non avrai intenzione di farmelo fare, vero?"

Lui ridacchia. "Magari la prossima volta. Staresti benissimo con la muta bagnata addosso."

Alzo gli occhi al cielo.

"Vieni. Voglio mostrarti una cosa."

Scendiamo oltre il molo. La spiaggia diventa sempre più deserta mano a mano che ci avviciniamo al promontorio. Quando arriviamo iniziamo ad arrampicarci, fermandoci per prendere lunghe sorsate d'acqua, perché il sole picchia forte.

Arriviamo a un punto panoramico e ci soffermiamo ad ammirare la vista, passandoci la bottiglia d'acqua.

"Questa è una riserva naturale per la fauna selvatica." Sawyer indica col mento un tratto di spiaggia abbandonato tra due scogliere. La sabbia è punteggiata da uccelli bianchi.

"È stupendo."

"Tu sei stupenda," fa Sawyers, tirandomi verso di sé, di schiena. Le sue mani mi cingono in vita e poi iniziano a muoversi su e giù. "Le curve che hai... cazzo. Questa maglietta è da considerare un crimine."

Mordendomi il labbro mi allontano. Mi levo la T-shirt e mi giro verso di lui con addosso soltanto il reggiseno sportivo. "Così va meglio?"

"Oh sì, cazzo." Si avvicina di nuovo con la testa inclinata per baciarmi.

Le nostre labbra si incontrano con un tocco dolce e delicato, un bacio che sembra fatto per una fotografia, con il cielo e il mare sullo sfondo. Poi la sua lingua inizia a giocare con la mia e io rispondo alla sfida, duellando sottilmente mentre il resto del mondo scompare. Ne approfitto per far scivolare le mani sulla sua muscolatura liscia, esplorando i rigonfiamenti delle sue braccia, mentre lui mi attrae a sé, con il petto e la schiena che si alzano e si abbassano e la bocca che mi anticipa quello che il suo corpo potrà darmi.

Qualcuno tossisce e ci separiamo di scatto. Un uomo mingherlino ci sta fissando, con il pomo di Adamo che si alza e si abbassa. Ha in mano dei binocoli.

"Ehi, ma che cazzo?" sbotta Sawyer e l'uomo ha un soprassalto, facendo quasi cadere i binocoli. Ha l'aria mortificata.

"Birdwatching. Scusate." Si precipita via.

"Ma che cazzo," borbotta di nuovo Sawyer, ma non fa nulla per toccarmi di nuovo finché il tipo non scompare dalla nostra vista. Io mi metto a ridacchiare.

"Ti sembra divertente?" Scorgo un luccichio pericoloso nello sguardo di Sawyer. Mi porta dietro a un masso, dove nessuno può vederci.

"Abbastanza."

"Ti piace che ti guardino?"

Alzo le spalle. "Non è per questo che mi hai portata fin quassù? Per farmi provare un brivido?"

"'Puttana Eva," si avvicina di nuovo a me. "Sei proprio una ragazzaccia, molto cattivella."

"Si suppone che tu mi faccia venire," gli sussurro mentre mi bacia sulla bocca, sul collo, appena sotto la mascella.

"Che ne facciamo di questi?" Mi tira gli short.

"Che ne facciamo?"

Sorride con l'aria furbetta, infilando le mani sotto la cintura dei pantaloncini. "Di che colore sono le tue mutandine?"

"Perché non chiedi a Orso?" rispondo con insolenza. "È stato lui a sceglierle."

"Puttana Eva," fa Sawyer con la voce lamentosa. "Voglio essere anch'io il tuo paparino. Chiama anche me paparino."

"Okay, paparino due." Alzo due dita. "Se vuoi diventare il numero uno, dovrai meritartelo." È una gara. Immagino che più i due saranno in competizione tra di loro e più io ci guadagnerò.

"Ragazzaccia," mi dice con l'aria torva, tirandomi i pantaloncini. "Sbottonali."

"E se dovesse tornare il signor Birdwatcher?"

Sawyer solleva un sopracciglio con aria maliziosa.

Mi appoggio alla roccia, rendendomi conto che il suo corpo mi coprirà dalla vista di chiunque.

"D'accordo," sussurro, lasciando che mi sfili gli short.

"Azzurre," dice vedendo le mie culotte.

"Come i tuoi occhi," gli dico io guadagnandomi un sorriso.

"Sembrano quasi il sotto di un bikini." Fa scorrere lo sguardo su di me e mi accorgo che in effetti sembra che indossi un costume da bagno.

Appallottola la maglietta e gli short e fa finta di buttarli giù dalla scogliera.

"No!" grido, saltandogli addosso. Lottiamo per un momento e i miei vestiti finiscono sopra i rami di un cespuglio vicino. Sawyer mi tiene i polsi.

"Ti fidi di me?"

"No."

Si intravede il biancore dei suoi denti quando sorride. "Dai, piccola. Concediti un po' di vita."

Faccio un sospiro. "Va bene, sì."

"Sì cosa?"

"Sì, paparino."

"Cazzo se è eccitante. Vieni qui che adesso ci pensa paparino a te."

Mi sistema perché possa vedere il panorama, con la schiena contro di lui, lo sguardo rivolto al mare. Siamo subito dietro ai massi, per cui chiunque dovesse arrivare su dal sentiero non potrà vederci. Se dovesse venire un altro birdwatcher, penserebbe che stiamo ammirando il panorama, tenendoci con tenerezza come una coppia di innamorati, con Sawyer che mi circonda con le braccia. Non vedrebbero le sue mani sulle mie mutandine.

Un suo dito medio si muove sopra il mio punto più sensibile. "Ti piace?"

"Il panorama? Oh sì, è bellissimo."

La sua risatina mi arriva all'orecchio. Muovo piano il sedere facendolo ruotare contro di lui, rispondendo alle sue dita che si muovono in cerchio.

"Tu pensa solo a rilassarti. Ti tengo io." Sawyer mi bacia sul collo succhiandomi leggermente. Sospiro, abbandonando la testa sul suo petto. Succhia più forte. Le ginocchia mi cedono e lui mi tiene, sorreggendo il mio peso.

"Orso non ti lascia venire senza chiederne il permesso."

"È...è vero." Faccio ordine tra i miei pensieri, distratta dai movimenti delle sue dita.

"E quindi, cosa penseresti se mi fermassi?" Le sue dita si fermano.

Ho il respiro sibilante. "Ci rimarrei male."

Mi accarezza la guancia con la mascella. "Quanto male?"

"Al punto di incazzarmi."

"Ma non potresti farci niente." Le sue braccia si stringono intorno a me.

"Hai intenzione di tenermi qui per sempre?" Un gabbiano si butta in picchiata sotto di noi, fermandosi sopra le onde che si infrangono.

"Può darsi. Cosa faresti se ti lasciassi andare?"

"Andrei a cercare il birdwatcher," rispondo acida. Le sue dita fanno un piccolo movimento e al tocco il mio corpo si tende. "Magari lui mi farebbe venire."

"Oppure ci penseresti tu facendoti un ditalino."

"Buona idea." Provo a liberare il bacino e le sue braccia scendono ad afferrarlo, immobilizzandomi.

"Forse ti dovrei legare." Il mio corpo ha una contrazione, e Sawyer se ne accorge. "Ti piace l'idea? Allora Orso aveva ragione."

"Su cosa?"

"Hai bisogno che qualcuno prenda il controllo su di te."

"Non è vero."

"Sì. È quello che ti serve per raggiungere l'orgasmo."

Mi cadono un po' le braccia. Ha ragione. "E quindi?"

"Quindi dipende solo da me farti venire in questo preciso istante."

"Sawyer," inizio a piagnucolare.

"Chiedilo educatamente."

"Per favore, paparino," dico senza fiato, con la voce da Marilyn Monroe. "Mi fai venire?"

"Brava, ragazza. Ci penserò."

Mi dimeno e lui mi stringe più forte, le sue braccia come fasce d'acciaio. Mi sento invadere dalla libidine, calda e liquida, che va ad accumularsi nel basso ventre. La mia fica pulsa sotto tutto quel peso. Le dita di Sawyer si trascinano sopra e attorno al mio clitoride, aumentando la tensione dentro di me.

"Se continui così vengo," lo informo senza fiato.

"Meglio di no, altrimenti sarai punita."

"Non mi puniresti."

"Mettimi alla prova."

L'argomento della punizione mi provoca un brivido. "Cos'è questa storia che tu e Orso mi impedite di venire?" dico mettendo il broncio. "Dovreste fare l'esatto contrario."

"Così è più divertente." Fa scivolare le dita sulle grandi e piccole labbra e sento il piacere pulsare dentro di me. Inizio ad ansimare, premendomi contro la sua mano per ottenere quello stimolo di cui ho bisogno.

"Per favore," lo supplico.

"Cosa otterrò se ti faccio venire?"

"Dei punti. Tutti i punti possibili."

"Allettante," mi mormora nell'orecchio. "Visto che voglio vincere." La sua voce si fa più dura mentre dice imperioso, "Sono il tuo paparino numero uno. Dillo."

"Sei il paparino. Il numero uno... Non riesco più a..." Il mio corpo si agita senza sosta contro il suo. La vista del mare si offusca.

"Baciami," mi ordina, inclinandomi la testa verso di lui.

Siamo Jack e Rose sulla prua del Titanic. La sua bocca mi domina, la sua lingua spinge finché non sento la figa stringersi in sintonia, chiedendo silenziosamente di essere riempita. Mi strofino contro di lui, mentre dalla mia gola escono dei gridolini. La mia mente si svuota completamente, impotente contro il suo assalto. E il mondo scompare.

"Vieni, Evie." Sawyer smette di baciarmi per il tempo di darmi l'ordine. Le mie grida si infrangono contro le rocce sottostanti. Sawyer mi bacia di nuovo mentre uno stormo di uccelli si libra formando una curva ondulata sulla schiuma delle onde.

* * *

"MI DICONO che avresti bisogno di un bikini," fa Orso quando il giorno dopo arrivo da Ballers direttamente dal lavoro, stanca morta. Ci siamo accordati per vederci tutti e tre e passare la serata insieme.

Fulmino Sawyer con lo sguardo. "Che lingua lunga che hai."

"Per leccarti meglio, mia cara." Il biondo mi fa l'occhiolino.

Orso si china verso di me. "Dobbiamo fare un'altra puntata da Victoria's Secret?"

"No." No grazie. Al primo giro, sono quasi morta.

"Evie." Mi accarezza sulla nuca in una maniera che mi fa venire i brividi. "Farò in modo che ne sarà valsa la pena."

Sollevo un sopracciglio.

"Orso ha una vasca idromassaggio in giardino," fa Sawyer, piazzandomi davanti un cocktail.

"Ah, sì?" Mi giro per guardare l'omone e le sue braccia mi scivolano attorno. Che bella sensazione…

"Mhm," romba piano la sua voce.

"Allora dovrò solo procurarmi un costume da bagno."

Dev'essere proprio arrivata la fine del mondo se mi offro volontariamente per andare a comprare dei costumi da bagno.

"Non te ne pentirai." Sawyer mi prende la mano e schiocca un bacio sulle mie nocche. Che cavaliere. Poi però le lecca. *Uffa.*

Ridendo, mi lascia andare la mano. Orso mi posa la sua sulla schiena, mentre Sawyer e io continuiamo a flirtare. La serata trascorre con leggerezza, io e loro, loro e me. Che forma ha il nostro rapporto? Che tipo di figura geometrica è? Un triangolo, un cerchio intorno a me con loro nell'orbita, o sono io che orbito attorno a loro?

Mi appoggio allo schienale mentre Orso e Sawyer guardano lo schermo, discutendo di qualcosa di sport. Sorseggio il mio cocktail riflettendo, ma a quanto pare non sono l'unica a farlo.

Una donna in tailleur si sporge dal bancone del bar verso di me, con gli occhi sgranati. Il suo sguardo passa dall'imponente altezza di Orso alla chioma dorata di Sawyer per poi scendere su di me, la linea di congiunzione tra di loro. "Stai con… entrambi?"

Faccio una smorfia. "È... complicato."

* * *

"PERCHÉ È COMPLICATO?" mi chiede Mina più tardi, quella sera stessa.

"Io e due ragazzi? Va be', scusa eh."

"E allora? Hai abbastanza orifizi da riempire."

Inizio a balbettare.

"Oltretutto, era ora che ti facessi una bella scopata."

"Mina!"

"Cosa c'è?" A sentirla sembra la voce dell'innocenza ma non mi lascio imbrogliare. Non c'è alcuna innocenza, solo malizia. "Uno dei ragazzi con cui sei uscita non riusciva nemmeno a trovare la tua vagina."

Faccio una smorfia, ricordandomene. "Continuava a spingere contro il mio perineo."

"Ahi."

"Già. Quello non è un ingresso, caro."

"Forse sei davvero ancora vergine. Sei sicura di aver mai fatto sesso?"

"Smettila."

"Smettila tu di farti delle pippe mentali. Stai solo recuperando il tempo perduto."

"Può darsi." Mi mordo il labbro.

"Sei preoccupata di essere una sgualdrina? Perché quello di 'sgualdrina' non è che un costrutto maschilista per impedire alle donne di essere padrone della loro sessualità. Punire le donne perché adottano un comportamento maschile, comportamento che peraltro viene considerato gratificante."

"Giusto. Ehm, no, non sono preoccupata di essere ritenuta una sgualdrina. Sono preoccupata di non essere preoccupata... quando invece dovrei esserlo."

"Mi è venuto il mal di testa."

"Anche a me."

"Perché ti dovresti preoccupare?"

"Non lo so," dico evasiva, quando invece lo so benissimo. *Perché questa situazione, questa gara, questa relazione non potrà durare.* Sospiro e controllo l'ora. "Mannaggia, devo andare. Si è fatto tardi."

"Fa' un po' come vuoi." Le mie tattiche di sviamento non sembrano particolarmente efficaci con Mina.

"Non sono qualcosa come le tre del mattino, lì sulla costa orientale?"

"Sì. Ah, senti, sarò impegnata nelle prossime settimane. Mi trasferisco da un'altra parte. Che sballo."

"C'è ancora qualcuno che usa questo termine? Sballo?"

"Io l'ho appena fatto. 'Notte, troietta!"

Riattacco e metto la sveglia, ridendo tra me e me. L'approccio di Mina è quello giusto. Fare da giudice nella gara e godermi i miei orgasmi, finché non sarà ora di uscirne. Entrare, venire e uscire. *Grazie per i bei ricordi*, mi vedo mentre mando un bacio ai ragazzi partendo al tramonto. Su un'auto decappottabile, non sulla mia piccola Honda Civic. Forse posso prendere in prestito una macchina di Orso. O comprarne una da lui.

Comunque vada, ho la sensazione che quando me ne andrò una parte di loro resterà con me. Devo solo stare attenta che loro - di me - non si portino invece via tutto.

La mattina dopo non sento la sveglia e finisco per correre in giro affannata strofinandomi gli occhi cisposi e cercando nell'armadio qualcosa che non mi faccia somigliare a una memmonita. Ho bisogno di acquistare più capi che valorizzino la mia figura. Di solito eviterei di farlo perché sono una superdotata, ma non devo necessariamente nascondermi solo per il fatto di avere più curve della maggior parte delle ragazze. Zia Jen non approverebbe, ma non vado a letto con lei. Voglio vedere gli occhi di Orso e di Sawyer illuminarsi quando entro in una stanza, e se per farlo devo vestirmi in modo sexy, che sexy sia.

Se la buoncostume dovesse fermarmi, potrò sempre dire che sto facendo dei giochi sessuali con due ragazzi. Le mie qualifiche erotiche sono perfettamente in ordine.

La sveglia del mio telefono suona di nuovo. *Mannaggia. Stavo per dimenticarmi.*

Mi sbrigo. *Paparino, puoi scegliere tu le mie mutandine? Ce ne sono di azzurre, rosse, leopardate, color carne...*

Mettiti quelle azzurre e fammi vedere.

Uffa. *Okay, paparino.*

Scatto una foto. Un anno fa, se qualcuno mi avesse detto che mi sarei fatta volontariamente dei selfie al deretano, in mutande, e che le avrei mandate con un messaggio a uno degli uomini più sexy del mondo, gli avrei riso in faccia prima di arrossire così violentemente da andare in combustione spontanea.

Adesso le rosse. Mi sfilo le mutandine azzurre ed eseguo. Qualunque paio decida di farmi indossare, dovrò buttare le altre nel cesto della biancheria sporca.

Il mio telefono vibra. *Rosse*.

Grazie, paparino.

Prego, piccola.

Poi vado a lavorare, con le mutandine già fradice.

"Ti rendi conto dell'effetto che ha su di me questo rituale del mattino?" gli chiedo quando lo chiamo per fargli sapere che sono arrivata al lavoro sana e salva.

"Che effetto ha, piccola?" Lo sa benissimo. Sento una punta di divertimento nel tono della sua voce.

Sbuffo. "Già solo farti la domanda… mi fa bagnare tutta."

"L'idea è proprio questa. Non ti preoccupare, ci penso io a te."

"Sì, ma quando?" chiedo con tono perentorio.

Lui ridacchia e mi augura buona giornata.

Supero la mattinata con soltanto due richieste sgradite, entrambe provenienti da mia cugina. Anche se non sono tra le damigelle, mia cugina pensa che sia giusto delegarmi vari compiti: ritirare e spedire inviti, cercare location, incontrare società di catering. Va bene che sono io quella noiosa e in gamba, ma insomma!

Meno male che posso consolarmi pensando alla prossima tornata di incontri con Orso e Sawyer. E questo mi fa venire un'idea...

Durante la pausa pranzo, mi dirigo al centro commerciale. Non posso spingermi a tanto da entrare da Victoria's Secret, ma anche al grande magazzino vendono dei costumi da bagno.

Non appena chiudo la porta del camerino mi rendo però conto di non potercela fare. Lo specchio domina lo spazio, rimandandomi tutte le mie imperfezioni ed eccessive rotondità. Perché ho deciso di sottopormi a questa tortura? E dov'è il problema, tra l'altro? Cosa c'è che non va in me, al punto di non potermi nemmeno provare un costume da bagno senza giudicarmi?

Il mio cellulare fa *brrrrt* per l'arrivo di un messaggio. Orso che controlla che abbia pranzato. *Hai mangiato?*

Sorrido tra le lacrime e premo il pulsante di chiamata.

"Evie?"

"Ciao." Non riesco a dissimulare il pianto che mi spezza la voce.

"Qualcosa non va? Cosa c'è? Qualcuno ti ha fatto del male?"

Il suo sincero interesse e la nota di preoccupazione che colgo mi fanno sorridere.

"No," mi asciugo gli occhi. "Sono in un camerino." La mia voce si incrina. "Ho pensato di venire a fare shopping per prendermi un costume da bagno. Per voi."

"Piccola." La sua voce si addolcisce. "Sei da sola?"

"Sì. Siamo solo io e lo specchio." *La mia nemesi.*

"Che cos'hai addosso?"

È in modalità prepotente. Gli rispondo subito, grata di potermi focalizzare su qualcosa di diverso dalle mie insicurezze. "Una gonna e una canotta. È un po' troppo stretta, così ho aggiunto una sciarpa."

"Togliti la canotta."

"Non posso." Evito di guardarmi allo specchio. "Non voglio vedermi."

"Piccola." La sua voce è così tenera che mi spezza il cuore. "Ti fidi di me?"

"Sì."

"Sì?"

"Sì, paparino."

"Alzati la gonna." Di nuovo prepotente. Grazie a Dio. Ho bisogno di far spegnere il cervello al più presto. Arrotolo il tessuto elastico su fino ai fianchi. "Okay, paparino."

"Divarica le gambe. Belle larghe."

Mi spingo indietro sul sedile, appoggiandomi alla parete, e allargo le ginocchia più che posso. "Fatto."

"Addosso hai le mutandine." Non è una domanda. Sa che le ho. Le ha scelte lui questa mattina. "Voglio che ti tocchi da sopra le mutandine. Che ti ecciti."

Ehi, ragazzi! Mi strofino sopra al tassello, suscitando una risposta quasi immediata.

"Ooh…"

"Ti piace, piccola?"

"Sì paparino," sussurro. "È bellissimo... Vorrei che fossi qui."

"Anch'io." La sua voce profonda mi avvolge come una coperta. "Ma forse è meglio che non ci sia."

"Rischieremmo di farci arrestare," sospiro nel telefono. Orso non potrebbe entrare qua dentro senza essere notato da qualche signora con le perle al collo sicuramente amica di mia zia. Ma immagino comunque che lui sia qui, con le sue spalle larghe che mi impediscono la vista, le sue grosse mani che accompagnano le mie nell'esecuzione dei suoi comandi. Sospiro di nuovo e lascio ricadere la testa contro il muro. Il piacere si libra sotto le mie dita, che continuano ad accarezzare. Se mi strofinassi premendo nel posto giusto di più e più a lungo, verrei.

"Sei bagnata?"

"Sai già che lo sono," parlo a bassa voce.

"Smettila di toccarti e levati la canotta. Tira giù il reggiseno sotto alle mammelle. Puoi posare il telefono."

Mi sbrigo a obbedire. Il reggiseno è parte di un completo di pizzo. Da quando Orso ha preso il controllo del mio cassetto della biancheria intima, non sopporto più di indossare quei giganteschi, pratici reggiseni a canottiera che ero solita portare sotto l'abbigliamento chic da memmonita. Quando tiro giù il reggiseno, le tette saltano in alto come due mucchi di neve. Devo dire che le mie tette sono strepitose. I Twin Peaks, le colline gemelle della perfezione. L'ottava meraviglia del mondo.

L'effetto è molto soddisfacente, scatto una foto e la mando a Orso. Mi metto il telefono sull'orecchio godendo del suo respiro che si fa concitato.

"Intendevi così?" gli faccio ridacchiando piano.

"Sì, piccola. Quanto sei bella… Hai ancora le gambe larghe?"

"Sì, paparino."

"Bene. Torna a toccarti. Fammi sapere quando stai per venire."

Torno a disegnare cerchi attorno al mio clitoride attraverso le mutandine bagnate. Oh, che piacere. A ogni carezza della punta delle mie dita mi avvicino sempre più, ma sono una brava ragazza, perciò mi fermo prima che sia troppo tardi. "Ci sono, paparino." In bilico sul limite.

"Hai i capelli sciolti?"

Tolgo l'elastico che mi tiene la coda di cavallo e libero la mia criniera sulle spalle. La cascata ramata incornicia il seno scoperto.

"Toccati le tette. Fa' finta che sia io a toccarti."

"Sì, paparino." La mia voce ha quella tonalità da bambina affannata che mi esce quando sono molto coinvolta in qualche situazione. Non faccio niente per ricacciarla.

"Le sto facendo godere?"

"Oh sì, da Dio," vorrei gemere. Se qualcuno arrivasse nello spogliatoio, si chiederebbe che tipo di vestiti stia provando. *Prendo quello che ha preso lei.* Ma non potrebbero avere il mio paparino. Lui è mio.

La voce di Orso è un ruggito nel mio orecchio. "Ti stai toccando?"

Infilo di nuovo una mano in mezzo alle gambe mentre l'altra continua a sfregare il seno. Come facevo a non sapere che toccarsi il seno fosse così fantastico? Un'improvvisa scintilla di piacere mi parte da sotto le dita, facendomi stringere le gambe. Non posso evitarmi un *mmmmm* gutturale. Il respiro di Orso nel mio orecchio si fa irregolare. Nel sottofondo si sente un rumore di schiocco bagnato.

"Paparino? Ti stai…"

"Sì," geme. "Ho la tua foto qui davanti a me. Vorrei che fossi qui in ginocchio per poter spruzzare quelle magnifiche tette."

Mi sfugge un 'cazzo' ansimante.

"Cattiva ragazza. Proprio una cattiva ragazza, che si fa un ditalino in uno spogliatoio."

Spogliatoio? Mi ero persino dimenticata di essere sulla terra.

"Mi punirai?"

"Pizzicati i capezzoli," mi ordina. "Pizzicali forte. Li voglio gonfi, e doloranti, per poterli baciare meglio."

Tiro le mie povere protuberanze rosate. La sensazione mi va dritta alla figa, oro liquido, piacere allo stato puro.

"Paparino," ansimo.

"Ci sei?"

Faccio scivolare la mano sotto il pizzo e trovo il punto del piacere massimo. "Sono proprio lì."

"Guardati allo specchio."

Sono così abituata a seguire i suoi comandi che lo sguardo si sposta subito sulla mia immagine riflessa. Una rossa sfrenata è seduta a gambe larghe. I suoi seni ballonzolano in un bondage improvvisato, spinti in alto e in bella vista. Ha il petto e il viso arrossati, le pupille dilatate, la bocca lasciva e pronta per essere baciata.

"Guarda questa bellissima, perfetta dea. Vedila con i miei occhi."

Non vedo la cellulite. Non vedo imperfezioni o rotolini di ciccia. Non vedo la pancia molle o la buccia d'arancia sulle cosce, il doppio mento o la pelle flaccida delle braccia. Vedo una donna al culmine dell'eccitazione, raggiante e pronta a venire a comando. Dea è la parola giusta. Una sfrenata dea del sesso.

"Sei mia," ringhia Orso. "Sei tutta mia."

Con un grido soffocato, vengo percorsa dal forte tremito dell'orgasmo, con la bocca spalancata, guardandomi profondamente negli occhi. Sbatto le palpebre mentre vedo il petto ansimante della mia immagine riflessa allo specchio, le tette enormi e stupende, con i capezzoli appuntiti e l'aureola rosata. I capelli sono scarmigliati, le tempie umide per l'aria densa di vapore. Se l'immagine fosse reale, la bacerei. Due Evie che vengono insieme? Farebbero impazzire Orso e Sawyer.

La mia immagine riflessa si appoggia contro la parete con un sorriso compiaciuto e soddisfatto sulle labbra esauste. "Wow," fa ridendo.

"Idem," conferma Orso. "Ti senti bene, piccola?"

"Più che bene." Vaffanculo al camerino. Se i vestiti che una si prova stanno male è colpa loro, non mia. Punto le dita dei piedi a terra, tiro indietro i capelli e inarco la schiena, mettendo in mostra il petto e le gambe. Sono davvero carina, e se lo dico io è tutto detto.

"Terapia da camerino. La ripeteremo spesso quando andrai a fare shopping, pensando a me."

Piuttosto efficace come terapia. Mi mando un bacio allo specchio. "Grazie, paparino."

"Questo e altro per la mia bambina."

* * *

IL GIORNO dopo sono di nuovo al lavoro e tamburello una penna sulla carta, cercando di trattenermi dallo scrivere ripetutamente: "Evie - cuoricino - Orso & Sawyer per sempre". Cosa c'è nell'orgasmo, che è in grado di trasformarmi in una scolaretta con le stelle negli occhi? Sta detronizzando l'atteggiamento distaccato da star del cinema che avevo adottato.

"Come stai andando con i trimestrali?" La testa del mio collega e vicino di postazione fa capolino senza esserne richiesta. Sorrido allo schermo vuoto del computer. Conosco già il trucchetto. Ben prima chiede di qualche progetto di cui non so nulla, poi vedendomi entrare in agitazione mi rifila un po' dei suoi lavori.

Ma oggi non funzionerà. Ruoto la poltrona nella sua direzione, pronta e sicura di me. "Non sono stati assegnati a me."

Nel vedermi Ben sgrana gli occhi, e il mio sorriso si fa ancora più ampio. Di solito porto camicette larghe e gonne informi, o pantaloni fatti apposta per nascondere le mie fattezze. Ma non oggi. Ieri sera a casa mia è arrivato un vestito, uno a pois rossi e bianchi in stile vintage, insieme a un paio di sandali espadrillas bianchi con il cinturino e un messaggio di accompagnamento: *Goditi un po' la vita*. Sawyer, entrato anche lui nel gioco del paparino, che si occupa dei miei vestiti.

"Evie, stai..." Ben mi guarda sbattendo le palpebre; anzi, per la precisione guarda il mio seno. "Benissimo. Davvero benissimo."

"Grazie, Ben," faccio io civettuola. So di stare più che benissimo. L'abito ha un collo alto, che mette in risalto le mie forme anziché mettere a nudo metri di decolleté. Mi fa sentire discreta, ma il modo in cui si modella sulla silhouette del petto e della mia vita stretta è tutt'altro che discreto.

Gongolo per un altro po'. "Oggi non ho tempo di occuparmi dei tuoi conti. Johnson mi ha coinvolta in un progetto corposo."

Ben annuisce con uno sguardo vitreo in volto e io mi godo il trionfo. Questo abito è un'arma letale, e Ben è il primo nemico sconfitto.

"Ho bisogno che mi inoltri il fascicolo Anderson." Mi giro di nuovo verso il computer prima di lasciargli il tempo di rispondere e premo il tastierino. Ben se ne va sommessamente. Un minuto dopo, mi arriva da lui un'e-mail con l'allegato. Vittoria.

Con un sorriso compiaciuto, mi sistemo la gonna spostandomi leggermente per mettermi più comoda. L'abito e le scarpe non sono stati gli unici regali. Una discreta scatoletta nera conteneva un dispositivo rosa shocking a forma di girino, con la coda ricurva. Infilandolo sotto le mutandine (oggi leopardate, approvate da Orso) il dispositivo esercita una pressione sul clitoride e... sull'ano. Un po' insolito, ma posso farci qualche altro gioco un po' perverso. Ho due uomini fichissimi che fanno a gara per farmi venire, in una moderna avventura a sfondo sessuale, senza implicazioni sentimentali, senza vincoli. E io sono una dea del sesso sofisticata e disinvolta.

Mi allungo a prendere la bottiglietta dell'acqua e il vibratore sotto le mutandine entra in azione. Ho un soprassalto e rovescio l'acqua sulla tastiera.

"'Fanculo," sibilo, afferrando il cardigan per asciugare.

"Va tutto bene da queste parti?" La voce del mio capo mi riporta alla realtà.

"Sì, tutto bene signor Johnson." Nel rispondergli arrossisco.

I suoi occhi scendono sul mio petto, stretto sotto i pois. Quando li rialza, anche il suo viso è avvampato.

"Sto lavorando sul fascicolo Anderson." La mia voce è innaturalmente alta e forte. Chissà se sente il ronzio dell'apparato?

"Bene. Okay." Per fortuna se ne va. Fisso il computer con

lo sguardo vitreo, muovendo il mouse di tanto in tanto. Il vibratore continua a mormorare allegramente ma proprio quando ho cominciato ad abituarmici si ferma. Mi accascio contro la scrivania, asciugandomi la fronte con il cardigan. Come avranno fatto a sapere qual era la misura giusta per me?

Il vibratore rimane fermo per un po' e io digito freneticamente sulla tastiera. Un nuovo brusio dritto sul mio sensibile bottoncino e sono costretta ad afferrare la tastiera, stringendo i denti per contrastare un'eccitazione travolgente.

"Evie?" Ben si presenta di nuovo.

"Sì!" grido, con l'aria un po' frastornata.

"C'è una consegna per te." Il mio collega indietreggia lentamente, mentre appare un fattorino.

"Il pranzo che è stato ordinato." Il fattorino solleva una busta. Dentro, c'è un ricco submarine sandwich con un messaggio: *Prenditi una pausa per mangiare.*

Com'è potuto accadere tutto questo? Decido di eliminare per sempre gli uomini dalla mia vita e finisco in un gioco sessuale, costellato da SMS, telefonate e messaggini. Non ho solo uno, ma ben due paparini.

Aspetto di avere libero il campo e prendo dei fazzoletti di carta per estrarre il giochetto vibrante che mi distrae. Lo butto nel cestino della spazzatura. Nessuno ne saprà mai niente.

Sono a metà del sandwich e sto intrattenendo il signor Johnson, che è venuto a fare un altro controllo, quando il mio cestino inizia a tremare.

"Cosa succede?" Il capo scruta in basso proprio mentre il vibratore si ferma. "Hai sentito quel rumore?"

"Quale rumore?" chiedo flebilmente, resistendo alla tentazione di afferrare il cestino della spazzatura e fuggire fuori dall'ufficio.

Sta per andarsene quando il vibratore parte di nuovo.

"*Quel* rumore."

No, no, no.

"Arriva da…" Allunga la testa verso il cestino.

"Ho il ciclo," dico in fretta.

Mi guarda con orrore, con il cestino che vibra sonante ai suoi piedi.

"È, ehm, un dispositivo che serve, ehm…" Merda, com'è che si chiamano… "Contro i crampi!" grido trionfante.

Il signor Johnson apre e chiude la bocca a mo' di pesce.

"Ma non ha funzionato," spiego, sperando che se ne vada prima che il rossore mi salga dal petto e si irradi a tutto il corpo. "E così…" Indico il cestino. Il signor Johnson fa un passo indietro e a momenti inciampa. "Mi sono solo dimenticata di togliere le batterie."

"Oh, sì, sì, certo," balbetta il mio capo allontanandosi in fretta, con il viso lievemente verdastro.

"Mi scusi!" gli dico mentre se ne va e poi mi affloscio sulla scrivania. Adesso sarò costretta a fare una pausa pranzo, per andare a nascondere questa diavoleria sulla mia auto.

Il telefono si rianima e parte la marcia imperiale di Guerre Stellari, così frugo affannosamente nella borsa per trovarlo. Anche se per oggi non credo proprio che il signor Johnson osi tornare da me per darmi una lezione sull'uso del cellulare privato in ufficio.

"Evangeline!" esclama gioiosa zia Jen, come se non avesse chiamato per chiedermi un altro favore. Avrei dovuto fare con sciatteria gli ultimi compiti che lei e mia cugina mi hanno delegato, così non si sarebbero più fatte sentire. "Hai ordinato le T-shirt?"

"Sì, zia Jen." Sei magliette per le damigelle d'onore, taglia small, medium, ed extra small.

"Ah, e Gwen mi ha detto che questa mattina ti ha vista dal commercialista. Con un vestito! Niente di meno che un abito a pois."

"Già." Non le chiedo perché la sua amica Gwen fosse venuta qui a spiare me. Il pettegolezzo è un lavoro a tempo pieno per zia Jen.

"Be', sono contenta che tu abbia trovato un negozio per ragazze con taglie forti. L'importante è che al matrimonio ti vesta di nero."

Digrigno i denti.

"Ah, un'altra cosa. Il figlio di Gwen ha appena concluso il divorzio. Ha bisogno di un'accompagnatrice per il matrimonio, perciò, se tu non porti nessuno... il suo odore corporeo è molto migliorato adesso che prende dei farmaci specifici. Presto potrebbe essere in grado di potersi tenere un lavoro."

"Ohh, grazie per aver pensato a me, ma ho già un accompagnatore." Piuttosto me ne affitto uno se è proprio necessario. Oppure chiedo a Orso o Sawyer. Non appena presa in considerazione l'ipotesi la escludo subito. Tra di noi tutto è solo per divertimento. Nessuno dei due avrebbe voglia di assumersi i doveri tradizionali di un fidanzato, e se chiedendoglielo dovessero declinare l'invito, temo che davanti a un rifiuto ci rimarrei troppo male.

Ai miei piedi, il cestino della spazzatura concorda con me tremando mestamente.

CAPITOLO 6

ERZO ROUND

"SEI PERFIDO." Entro nell'officina di Orso. Siamo oltre l'orario di apertura e dentro non c'è nessuno. Il posto odora di benzina e di olio da motore ma non ci sono attrezzi in giro e tutti i banconi sono puliti.

"Davvero?" Mi conduce nel suo ufficio e si dirige verso un sofisticato distributore di bibite gassate nell'angolo. Prende un'acqua tonica e me la porta. "In che senso?"

Tiro fuori l'oggetto rosa che ho recuperato dal cestino. "Ero al lavoro."

"Ti ho detto di fare la pausa pranzo."

"Mi vuoi torturare."

Non fa un vero sorriso. Sappiamo entrambi che io adoro tutto questo.

Ho addosso un altro regalo, un abito blu scuro con un motivo a ciliegie rosse. Ha le spalline sottili, e il corpetto stretto esalta in modo spettacolare il mio decolleté. Normalmente mi sentirei a disagio a mettere in mostra tutto questo ben di Dio, ma mi piace esibirmi per Orso. Faccio un giro su me stessa per permettergli di ammirare l'effetto completo.

Il suo ufficio si apre su una specie di showroom. Vi è esposta una decappottabile d'epoca. Stilosa e molto bassa. Rosso fiammante. Così luccicante che potrei specchiarmici sopra per truccarmi. Il resto del locale è il sogno di qualsiasi scapolo, pieno di giochi di qualsiasi tipo, compresa una macchina da videogiochi arcade Pac-man.

"Hai un tavolo da air hockey. E uno da biliardo," dico sussultando, piacevolmente sorpresa. Se il mio meccanico avesse una sala d'attesa così, farei meglio ad andare a farmi cambiare l'olio. "Questo posto è incredibile..."

"Vuoi giocare?"

"Non so. Sono un tipo molto competitivo." Mi chino su una mini pista automobilistica offrendogli una vista mozzafiato del seno. "Pur di vincere farei qualsiasi cosa."

"Quale premio avrò se ti lascio vincere?"

"Tutto quello che vuoi." Mi avvicino al tavolo da biliardo. "Come si gioca a questo?" Do il gesso alla punta di una stecca.

"Piegati sul tavolo e ti faccio vedere."

Gli obbedisco. "Così?"

"Esattamente." Mi fa passare una mano sulla schiena prima di abbassarsi sopra di me e mettermi nella giusta posizione. "E poi devi solo..." La stecca parte in avanti. Il pallino colpisce la boccia rossa facendo un gradevole 'clic'. La numero tre entra dritta in buca.

"Ce l'abbiamo fatta. Qual è la mia ricompensa?"

Le sue mani risalgono sulle mie gambe e afferrano le mutandine. Prima che me ne accorga vengo avvolta dalle sue braccia e il perizoma, ormai inutilizzabile, cade sul pavimento.

"Porca puttana," dico sussultando. Mi ha appena strappato le mutandine.

Le sue grosse mani tengono il mio sedere a coppa sotto al vestito. "Cosa ti ho detto riguardo alle parolacce?" chiede, dandomi una forte sculacciata sulla natica destra.

"Credevo stessi scherzando!"

"Dovrei metterti sulle ginocchia e darti una bella lezione," ringhia, rifilandomi un'altra sculacciata. Sentendo il bruciore, vengo presa dall'eccitazione. Mi cedono le gambe e crollo sul tavolo da biliardo, ansimante.

"Conosci le regole."

Faccio cenno di sì con il capo.

"Di': 'Sì, paparino,'" mi ordina.

"Sì, paparino," ripeto, e la sua mano destra mi arriva in mezzo alle gambe premiandomi con un tocco meraviglioso. Il suo braccio sinistro si intrufola sotto la mia vita, tenendomi ferma. Appoggio la testa al suo petto, seguendo con attenzione il movimento delle sue dita. Mi strofina in mezzo alle gambe e poi ritira la mano.

"Non è giusto!" piagnucolo mentre si allontana. La mia fica sta pulsando.

"Più tardi," fa lui, stringendomi a sé mentre con imperturbabile calma tira fuori il cellulare e ordina una pizza. Non ho fame di niente se non di Orso. E pensare che dovrei essere abituata al fatto che gli piacciano i preliminari lenti. Gli accarezzo il cavallo dei pantaloni coperto dal tessuto di jeans e lui mi afferra il polso, scuotendo leggermente la testa.

Gli faccio il broncio, fino a che non chiude il telefono. "Mi hai strappato le mutandine."

"Te ne comprerò un altro paio."

"Daddy Morebucks (il paparino fabbricasoldi)."

La sua risata è come un terremoto sotto la mia guancia. Sollevo la testa per cercare la sua bocca e ci baciamo, con le labbra che giocano eloquenti, come nella scena clou del bacio in un film. Poco dopo si alza, tirandomi su con sé. Gli avvinghio le gambe intorno alla vita mentre cammina verso la

Cadillac vintage. Mi fa allungare sul cofano e i miei capelli si sciolgono dall'acconciatura spandendosi come schizzi color rame sulla vernice rossa. Una delle grosse mani di Orso mi afferra il polpaccio, spingendolo in alto. Sono completamente aperta, e nella posizione giusta per accogliere il suo corpo tra le gambe.

"Un attimo... e la pizza?"

"La pizza cosa?" Mi attira a sé e si spinge contro di me. La Cadillac è all'altezza perfetta per potermi prendere. Tutto quello che deve fare è sbottonarsi i jeans e tirar fuori l'uccello. "Sawyer ha detto che ti piace un po' di esibizionismo."

Mi scappa una risata sincopata. Lui si struscia contro di me, cancellando i miei pensieri e i miei respiri, uno a uno. Gli aggancio la vita con una gamba e mi sfrego contro di lui, senza preoccuparmi di bagnare i suoi jeans.

"Per favore." Mi appoggio al cofano dell'auto, cercando di spingermi verso di lui.

Orso fa scivolare una mano sotto al mio culo. "Vuoi scopare?"

"Sì, sì, sì." In uno slancio di ispirazione, abbasso le spalline sottili e apro il corpetto. La parte superiore dell'abito era troppo stretta per indossare il reggiseno. Le mie tette saltano fuori mentre inarco la schiena, offrendole alle sue mani.

"Ca..." gli sfugge quasi una parolaccia.

"Scopami, paparino," dico con un filo di voce.

Tira fuori un preservativo di tasca prima di levarsi i jeans e tirarmi contro di sé. Lo guardo ansimante mentre si inguaina l'uccello. Trova l'apertura della mia figa e si spinge dentro piano, penetrandomi mentre le mie gambe tremano e il mio corpo si tende attorno a lui.

Ha l'aria seria, ma è bellissimo. Poso una mano sulla sua mascella tesa, poi la faccio scivolare sulla sua nuca per tenerlo.

Ogni affondo è una punizione e una ricompensa. Gli

LEE SAVINO

pianto le unghie nei giganteschi muscoli guizzanti lasciando che l'orgasmo cresca.

"Non... Non posso... Sto per..."

"Vieni, piccola," fa lui, e io mi dissolvo tremando.

"Oddio, oddio..."

Orso mi sbatte con violenza, con una mano che mi tiene la testa e l'altra una gamba. Il primo orgasmo mi attraversa tutta e ne forma un secondo. Lui continua a pomparmi senza sosta. È immortale, è un Dio. Questa scopata durerà in eterno.

Le mie grida risuonano nelle mie orecchie, e sto stringendo Orso così forte che sono sicura di farlo sanguinare. Tirando il fiato tra un orgasmo e l'altro, alzo la testa e gli mordo il collo.

Orso sussulta. Con un ultimo, forte affondo del bacino, viene ruotando dentro di me. Allento la tensione, lasciando che il mio corpo si fonda con il suo, accettando di essere stata presa, e lo ricopro di baci e di emozionata gratitudine. Le sue labbra trovano le mie ma lascia che sia io a condurre i giochi, in un'adorazione dolce e silenziosa.

Mi lascio andare sul cofano, soddisfatta. Per una volta, il suo ferreo autocontrollo è stato scalfito. I suoi occhi sono spalancati, vulnerabili, mentre cercano il mio viso.

Mi inumidisco le labbra. "Grazie, paparino." Provo a imitare un tono timido alla Marilyn Monroe, ma la mia voce si incrina.

Doveva essere un gioco, una storiella. Regola numero uno: "Non affezionarsi." Prenditi il tuo orgasmo e scappa.

Ma questo non è solo sesso. Come faremo a rinunciarvi?

"A quanto pare riesco a venire anche con un ragazzo." Lascio cadere le braccia e appoggio i gomiti per tirare su il vestito. Per staccarmi da lui anche se siamo ancora uniti, anche se Orso è ancora dentro di me.

"Evie, sono..."

Gli metto un dito sulle labbra. Non deve dire niente, per non spezzare l'incantesimo. Per come stanno adesso le cose, non so se potrò allontanarmi senza che mi si spezzi il cuore.

"Ascolta…" inizia a dire, quando il citofono mi fa sobbalzare contro di lui.

"Pizza in consegna!"

"Lasciala vicino alla porta," urla Orso, e io scoppio a ridere.

* * *

NELL'UFFICIO DI ORSO c'è un divano. Dopo avermi ripulita, mi ci fa sedere e mi dà la pizza. Una ragazza può abituarsi facilmente a essere trattata così.

Ma tu non ti ci abituerai, mi dico sgridandomi. *Te ne sei già scordata? Te li fai e te ne vai, niente di più.*

Sul grande schermo nella sala dei giochi scorre un film senza audio. Grace Kelly e Cary Grant su una decappottabile blu. *Garbo, eleganza.* Cerco di non trangugiare troppo in fretta il formaggio della mia ultima fetta di pizza. Ho bisogno di calorie. Orso mi accarezza distrattamente un polpaccio.

"Quand'è il matrimonio?"

"Cosa?" strillo. "Ah, sì. Il matrimonio di mia cugina. È…, vediamo, tra due settimane."

Aspetto che Orso dica qualcosa, ma non aggiunge altro. Finisco di mangiare e striscio sulle sue ginocchia. Non ha detto molto dal nostro reciproco Orgasm-aggedon. So che anche per lui è stato forte come per me. Nella mia esperienza, i ragazzi tendono a ignorare questi sentimenti che nascono nell'intimità. Escono con me per un po' finché la mia diversità non inizia a infastidirli, e poi mi lasciano per qualcuna più magra. *Se riuscisse a stare a dieta, forse riuscirebbe a tenersi un uomo.* La soluzione di mia zia Jen è questa, la mia è un'altra: non cercare di tenermene nessuno.

"È stato bello," dico con un sospiro.

L'ombra di un sorriso si affaccia sulla bocca di Orso. "L'idea era che concludessimo a letto."

"Va bene così," sussurro, accarezzandogli i capelli corti.

"Abbiamo un sacco di tempo" dico, prima di ricordarmi che non è così.

Orso rimane in silenzio per un po', stringendomi i fianchi con un'espressione turbata sul viso.

"C'è qualcosa che non va?" gli chiedo.

"Perché ho la sensazione che tu sia già con un piede fuori dalla porta?"

"Perché dopo aver passato qualche altra serata insieme la gara sarà finita. Non essere triste." Mi sistemo meglio sul suo grembo, rannicchiandomi mentre mi accarezza assorto e silenzioso.

"Rimani con me stanotte," sussurra.

"Stanotte?"

"Vieni a vedere la vasca idromassaggio all'aperto."

"Sono ancora senza costume."

"Ne hai bisogno?"

Oddio santo.

"Bicchiere di vino?" fa Orso andando verso la cucina.

"Buona idea." Lo seguo lentamente sculettando. Sono proprio io quella che si sta comportando così? Faccio un bel respiro e prendo il vino. Coraggio allo stato liquido.

"Bevitelo, mentre io preparo la vasca."

Caspita. Mi bevo un sorso di Chardonnay. Non c'è liquido che tenga per trovare il coraggio di esibire il mio corpo davanti all'uomo dei miei sogni.

"Lo faremo davvero?" Storco il naso. "Il bagno nudi?"

Lui ridacchia piano. "Vai in camera da letto. Ho una sorpresa per te."

"Un altro vibratore?" Sollevo un sopracciglio.

"Lo vedrai." Mi accompagna dentro tenendomi una mano sulla schiena, accende la luce e mi porta verso il letto. Ce l'ha già duro, la sua evidente erezione mi sfiora la schiena. Sto per cominciare a muovere il culo contro di lui e far iniziare la festa quando vedo una scatola aperta sul letto. Dentro ci sono alcuni straccetti striminziti di colore azzurro. Deglutisco.

Un bikini. Proprio lì, con uno specchio tipo camerino come mia nemesi.

L'erezione di Orso mi preme sulla schiena mentre lui mi avvolge tra le sue enormi braccia. "Se vuoi ti metti questo, oppure niente."

"Alternative?"

"La terza possibilità è che ti metta quello che voglio io... ma con il culo rosso."

"Proverò il bikini."

Mi dà un bacio sul collo e mi lascia a misurarlo. Mi avvicino al letto come se potesse esserci una serpe pronta a mordermi. Con due dita prendo il minuscolo costume da bagno scoprendo i denti. Ho delle scarpe che hanno stringhe più spesse di questo perizoma. Per non parlare del reggiseno: spero che questi due triangolino riescano almeno a tenere a bada il mio seno abbondante. Altrimenti, i vicini potranno godere di uno spettacolo gratuito.

Si sente bussare alla porta. "Evie? Hai bisogno di aiuto?"

"No, sono pronta! Un attimo." Mi sbrigo a infilare il due pezzi, annodando e stringendo, sistemando i pezzetti di stoffa perché possano contenere le mie curve. Il bikini non copre che simbolicamente le mie parti proibite, mostrando più di quanto nasconda. La mia biancheria intima copre molta più pelle.

Esco dalla stanza prima di perdere il coraggio. "Orso?"

"Sono qua fuori," risponde dal terrazzamento sul retro. Passo attraverso il ripostiglio sfiorando una pila di asciugamani posati sulla lavatrice. Ne prendo uno e me lo avvolgo attorno al corpo. Per fortuna sono asciugamani grandi, sembrano quasi lenzuola. Esco esitante con la mia toga improvvisata, portando un altro asciugamano per Orso. È già nella vasca, ma forse posso sviarlo riuscendo a sfilare l'asciugamano e immergermi contemporaneamente nell'acqua, come un mago che fa uno dei suoi trucchi. Oppure potrei scuotere l'asciugamano come un matador, ma lui è Orso, non Toro. Ci dev'essere un modo per poter fare la manovra senza...

"Evie," mi sollecita Orso, e mi rendo conto di essermi bloccata vicino alla vasca idromassaggio, persa nei miei pensieri.

"Sì?"

"Piccola," mi fa sorridendo. "Togliti l'asciugamano."

Poso il suo e sollevo quello che ho attorno verso l'alto, mentre entro nell'acqua. Provo a pensare a qualche stella del cinema da imitare, ma ho la mente svuotata.

L'asciugamano si impiglia su qualcosa e io faccio un gridolino, stringendolo con più forza. Cerco di capire, ma la cosa in cui si è impigliato l'asciugamano non è altro che la grande mano di Orso. Dà uno strattone e io faccio volare via l'asciugamano, sedendomi a velocità supersonica. Fatto. Scivolo sott'acqua e mi rilasso, mentre la superficie mossa nasconde la pelle a buccia d'arancia delle cosce. Dopo aver messo al sicuro l'asciugamano, Orso si volta verso di me con un ampio sorriso da squalo. Inizia ad avvicinarsi e io mi stringo nell'angolo.

"Adoro l'acqua," tiro fuori per distrarlo. "Tutte le estati zia Jen portava me e mia cugina in piscina."

Funziona. Si siede e appoggia la schiena.

"Per anni, fino alla fine delle medie. Naturalmente, dopo che ho compiuto tredici anni mi obbligava a indossare una T-shirt sopra il costume. Ero ben dotata già allora."

Mi ascolta, ma allunga le mani sott'acqua e mi prende una caviglia, tirando il piede sul suo grembo, dove può massaggiarlo.

"Era una cosa strana avere così tanto seno a quell'età. Certi uomini adulti ci provavano."

Le sue forti dita mi sfregano il polpaccio.

"Ci restavano di sasso quando dicevo loro che ero così giovane. Avevo il corpo di una donna, ma volevo solo essere una ragazza."

"E adesso?" Le sue mani risalgono sopra al ginocchio, massaggiandomi tutta la gamba.

"Continuo a desiderare di essere magra. Ho una forma a clessidra riempita con una tonnellata di sabbia. Anzi, una tonnellata di dolciumi. Formata letteralmente da dolciumi."

Orso arriccia le labbra.

"Dimmi che non ti piacciono le donne magre," gli butto lì prima che lui possa ribattere qualcosa.

"Le donne magre mi piacciono," fa alzando le spalle.

Io mi irrigidisco.

"Ma questo lo adoro." Si è avvicinato, le sue mani mi accarezzano i fianchi sott'acqua, con gli occhi puntati sul seno. "Piccola, se rimani così…"

"Ho la pancia," dico imbronciata.

Lui si incupisce, aggrottando le sopracciglia mentre abbassa riluttante lo sguardo sotto i miei capezzoli. "Ma guarda, ce l'hai davvero." La sua grossa mano scivola sulla mia trippa, ricoprendola completamente. Riesce a tenere tutta questa cavolo di pancetta nel palmo di una mano. "È molto carina."

Carina? Carina?! Anni di agonia davanti allo specchio, mangiando barrette proteiche per saltare i pasti, indossando

T-shirt sopra il tankini per nascondere il corpo, e lui dice: 'Carina?'

Mi scoppia la testa.

"Cosa c'è che non va?" chiede. Deve aver notato che al posto della testa è rimasto un buco fumante.

"Carina…" sbuffo.

"Già." Il suo pollice mi accarezza in su e in giù, e tutto il sangue che non ho più in testa si precipita nelle parti intime. "E morbida. Incredibilmente morbida." Abbassa la testa, con i capelli che sfiorano la pelle delle mie tette ipersensibilizzate, mentre ci strofina il viso in mezzo. "E dolce." Infila la mano sotto il triangolino di stoffa che ricopre la mia figa. Le dita raggiungono il loro obiettivo. Un minuto dopo, praticamente esplodo.

Orso mi guarda contorcermi, con un'espressione di pigra felicità negli occhi. "Mi rimangio quello che ho detto prima," dice. Con il pollice continua ad accarezzarmi un capezzolo. "Se perdi anche solo pochi grammi, ti farò provare la carezza della cintura sul culo."

Mi sforzo per cercare di riattivare il cervello. "È una vera minaccia?"

"Sì." Mi afferra i fianchi facendomi sedere sul suo grembo, e io perdo di nuovo l'uso della parola. Mi dimentico di tutto e mi lascio trascinare nel vortice. Non ne riemergo fino a quando non sono con lui a letto, con i capelli bagnati sparsi sull'asciugamano che copre il cuscino, mentre tutto il resto del mio corpo è avvinghiato a Orso. Non reagisco nemmeno quando Orso sussurra: "Ah, Evie! Sawyer dice di portare il costume per il suo prossimo turno con te."

* * *

QUARTO ROUND

. . .

"Sᴇɪ sɪʟᴇɴᴢɪᴏsᴀ." Sawyer tira fuori dal bagagliaio della Jeep un borsone con degli attrezzi e mi prende per mano, portandomi in spiaggia.

"Sto indossando un bikini. In pubblico."

"Stai benissimo." Ha un sorriso abbagliante. Lo tengo per mano e con l'altra stringo il pareo che mi nasconde alla vista.

Sawyer mi conduce oltre le dune fino a un tratto di spiaggia deserto. Sui lati si ergono due scogliere a mo' di sentinelle. Non c'è nessuno a parte gli uccelli.

"Che posto è questo?"

"Fa sempre parte della riserva naturale per la fauna selvatica. Non preoccuparti, ho avuto il permesso." Si ferma per estrarre una macchina fotografica dal borsone e mettersela su una spalla.

"Cos'hai intenzione di fare?" gli chiedo con un po' di nervosismo.

"Farò un servizio fotografico con una modella."

"Ah. E chi è la modella?"

Sawyer si limita a guardarmi.

"Oh, no. Dai, per favore."

Fatica a trattenere un sorriso.

"Uhhhh," piagnucolo. "Devo proprio?"

Viene verso di me sorridendo. I suoi denti sono bianchi come quelli di uno squalo. Quando mi è vicino, mi prende per i fianchi e mi spinge avanti, continuando a farlo finché non arriviamo dove voleva lui. Non c'è una sola volta in cui il modo che hanno lui e Orso di trattarmi brutalmente non riesca a farmi eccitare.

"Voglio che tu capisca quanto sei bella."

Il rossore sale come una marea carminia sulla mia pelle nuda. Cioè praticamente su tutto il corpo, a parte pochi centimetri.

"Di': 'Sì, *paparino*'."

Ecco le parole magiche. Solo a pronunciarle provo un

brivido: con Orso ho imparato ad associare mentalmente queste magiche parole a una ricompensa. "Sì, paparino."

Senza smettere di sorridere, mi porta verso alcuni scogli e mi fa sedere. Devo tenere il pareo di garza sottile, per ora. Non che la stoffa trasparente possa fare granché per camuffare il mio corpo. Mi apre il fermaglio che ho in testa e i capelli mi ricadono attorno al viso.

"Ecco," dice quasi senza fiato. "Così è perfetto. Non ti muovere."

"Altrimenti?"

"Sarò costretto a legarti." Mi aspetto un sorriso, invece rimane assolutamente serio. Indietreggia di qualche passo e inizia a montare l'attrezzatura. Mi mordo il labbro guardando il mare.

"Ci siamo, Evie. L'importante è che tu sia rilassata."

Sussulto al rumore dell'otturatore.

"Aspetta un momento." Mi viene vicino e prendendomi il mento mi dà un bacio di quelli da stordire. Stacca le labbra per un secondo e io emetto una specie di "nuuuh."

"Molto meglio adesso," dice e io quasi non mi accorgo quando indietreggia nuovamente e inizia a scattare foto.

Il sole picchia duro, avvolgendo la nostra impavida eroina di luce radiosa. I suoi capelli ramati brillano. Quando si muove, la luce si riversa sul suo petto divino. L'otturatore della macchina fotografica clicca.

Sono una modella. Sono un bell'oggetto con pelle pastosa e riccioli ramati, con addosso solamente una veste trasparente e qualche straccetto con i lacci. Sono una silfide.

Lentamente, mi sfilo il pareo. Sono la star di un film tutto mio, che cammina sulla spiaggia e scruta l'orizzonte. L'otturatore della macchina fotografica clicca. Mi copro gli occhi per un attimo. Clic, clic, clic. Poi mi avvicino alla schiuma delle onde, una dea marina, una sirena che torna al suo regno.

Il mare si solleva per accogliermi, ricoprendomi i piedi di schiuma verdastra e pezzi di alghe.

"Aargh!!" sussulto, tornando indietro barcollante. L'acqua è assolutamente gelida.

"Sì, è fredda." Sawyer sta ridendo come un pazzo.

"Come fai a fare surf in quest'acqua?"

Scrolla le spalle. "Con la muta. Continuando a muovermi. Cosa stavi per fare?"

"Volevo entrare in acqua, ma è troppo fredda." I miei sogni da sirena si sono infranti.

"A volte bisogna soffrire in nome dell'arte."

"È questo che la consideri? Arte?" borbotto, ma faccio comunque del mio meglio. Ballo tra la schiuma fino a che non sento più i piedi. Poi torno sulla sabbia asciutta finché non mi sento cuocere dal sole. La protezione solare si è sciolta da un bel po'. Sawyer si muove attorno a me, catturando ogni momento con dei clic convinti. È totalmente sul pezzo, al massimo della concentrazione.

Decido di sedurlo.

"Mmmm," mormoro, facendo scivolare le mani sul mio corpo esuberante. Il mio seno è davvero un'opera d'arte. Mi basterebbe tirare il laccetto per liberarlo...

Mi aspetto che Sawyer si fermi e mi chieda cosa sto facendo, ma visto che non lo fa, continuo. Adesso sono in topless, sdraiata tra la schiuma. Mi rotolo sulla sabbia. Mi scompiglio i capelli e mi volto a guardare sopra la spalla, con un'aria di falsa modestia. Poi mi allungo al sole come un gatto.

"Sì..." mormora Sawyer, eccitato e con la voce roca, come se gli stessi dando piacere. "Ottimo, piccola. Vai avanti così."

Mi scaldo abbastanza da poter tornare nell'acqua. Mi allungo mezza dentro e mezza fuori dalla risacca, lasciando che le onde mi arrivino addosso. Ho i capezzoli così turgidi che potrebbero tagliare il vetro.

Mi sento le guance calde. Sono diventata tutta rosa, come carne cotta al sangue. Un'altra ora così e diventerò un'aragosta. Per non parlare della sabbia che mi è entrata in mezzo alle gambe, trasformando la stoffa delle mutandine del bikini in carta vetrata. I capelli mi tirano, sono tutta sudata e... accidenti! Come fanno a resistere le modelle di bikini?

"Ti dà fastidio?" chiede Sawyer, e quando borbotto un 'sì' facendo cenno alle mutandine del bikini mi dice: "Toglile."

"Cosa?"

"Toglile."

"Ma..."

"Ti fidi di me??"

Annuisco, mordendomi le labbra.

Si accovaccia vicino a me. "Non lascerò che ti succeda niente di male, okay?"

"Okay," sussurro.

Finisco in ginocchio sulla battigia, muovendo il pareo bianco sopra la mia testa come fosse una bandiera. *Mi sono arresa.*

"Abbiamo finito, piccola." Sawyer mette via la macchina fotografica.

Mi raggiunge sulla battigia, prendendo il mio corpo bagnato, sudato e pieno di sabbia e tirandolo contro di sé. È duro come la roccia e pronto. Gli è venuto duro così, solo a guardarmi...

Faccio un verso che è una specie di ruggito e mi avvento su di lui. Rotoliamo sulla sabbia, con le bocche unite. Mi strofino su di lui fregandomene dell'effetto carta vetrata.

"Andiamo." Mi trascina in acqua ignorando le mie urla di protesta. Una volta che ci siamo ripuliti dalla sabbia mi riporta fuori tutta tremante, sull'asciugamano che abbiamo steso su uno scoglio. Si siede, si toglie i pantaloncini e mi penetra con una spinta così forte da farmi urlare.

"La mia bellissima ragazza," mormora, tenendomi i fianchi e sollevandosi. Inizio a strusciarmi contro di lui.

"Devi chiedere il permesso," mi ricorda, e il mio corpo si stringe così forte su di lui da farlo scalciare.

"Fanculo. Vieni, Evie."

Getto indietro la testa e cavalco le onde del piacere.

Un gabbiano vola in pigri cerchi sopra di noi mentre Sawyer mi porta alla macchina e mi fa sedere, avvolta da nient'altro che l'asciugamano. I miei capelli bagnati si allargano sulla pelle del sedile. Sono una sirena giunta sulla terra tra le braccia del suo principe.

"È stato fantastico," mormoro quando Sawyer torna dopo aver sistemato l'attrezzatura nel bagagliaio. Alza il mento in segno di assenso. "Scommetto che non sono come le modelle che usi di solito."

"No," concorda. "Non lo sei."

Usch. Sbatto le palpebre guardando fuori dal finestrino. È soltanto un gioco. Posso farcela senza problemi.

"Mi intriga un casino aspettare di vedere cosa voi due vi inventerete la prossima volta. Non vedo l'ora che arrivi il prossimo round con te."

"Bene."

Il suo tono asciutto mi mette tensione. Trascorro i cinque minuti successivi provando a fare domande e darmi risposte nella mia testa, finché finalmente mi decido a dire: "A te e Orso... sta bene tutto questo?"

"Certo." Alza le spalle e mi fa un sorriso hollywoodiano. Non cerca i miei occhi. "È solo un gioco, Evie. Non hai niente da perderci."

Si sbaglia. Qualcosa da perderci ce l'ho: il cuore.

"EHILÀ, troietta. Com'era il panino di carne?"

121

"Mina…"

"Ah già, è vero," ride, "sei tu la carne in mezzo al panino. Fortunata di una troietta."

"Smettila."

"Ti sto facendo arrossire? Fatti un selfie e mandamelo, soltanto tu puoi arrossire così tanto."

"Uffa, grazie tante. No, non ti mando nessuna foto." Mi ricorderebbe troppo la regola delle mutandine di Orso. Porto il palmo della mano sulla guancia, dove la pelle è effettivamente calda.

"E allora? Come vanno i tuoi appuntamenti galanti?" chiede, vedendo che non dico niente.

"Non sono appuntamenti galanti."

"Quella roba tra trombamici, allora."

Trombamica. È la parola giusta per me. "Escremento," borbotto.

"Escremento?" fa Mina.

"Sto cercando di dire meno parolacce."

"Ma fottitene!"

"Mina… devo farti una domanda." Non appena lo dico sono già pentita, ma lei non mi darà tregua finché non glie- l'avrò fatta. "Questi due, hanno avuto delle ragazze? Delle relazioni lunghe?"

"No, non esattamente. Ho chiesto ai miei fratelli e non sono al corrente di alcuna ragazza che sia durata più di qualche mese. Ma questo non vuol dire che non possano cambiare idea. Nel senso, con te."

"Eh, già."

"Cosa stai combinando con quei due?"

"Niente. Solo una stupida scommessa." Non sono niente per loro. Voglio dire, mi scopano tutti e due. A quale ragazzo andrebbe bene una cosa del genere? Probabilmente pensano che sia una troia. Una che la dà facilmente. Anche se volessi uscire con uno di loro, a questo punto mi considererebbero come roba di scarto. "Si stanno soltanto divertendo un po'. È una cosa da niente." A parte l'idea che Orso si è messo in testa di farmi ritrovare l'autostima. Forse pensa di farmi un favore, dandomi gli strumenti per andare avanti quando la gara sarà finita. Lui e Sawyer stanno davvero facendo a gara per viziarmi, per farmi sentire speciale.

Quando penso che tutto questo è destinato a finire, non mi sento affatto speciale. Mi sento come un pallone da calcio che ha fatto il suo tempo.

Mi accorgo che Mina sta parlando.

"E a te che effetto fa questa cosa? Non pensi che potrebbero essere interessati a te?"

"Ma per favore, guardami. E guarda le ragazze con cui vanno di solito."

"Fottitene. Tu. Sei. Una. Gran. Figa. Non so quante volte te l'ho già ripetuto. Sei come una versione più bassa di Christina Hendricks. Una vera bomba sexy."

Non faccio commenti e lei borbotta: "Quella tua cazzo di zia…"

"A proposito, ti ricordi di mia cugina Genevieve?" Cambio argomento. "Si sposa."

"Splendido. Chi dei due ti porterai al matrimonio?"

Faccio un sospiro. "Nessuno dei due."

"Dovresti farli sfidare a braccio di ferro, per vedere chi avrà il privilegio. Io punterei su Orso, ma anche Sawyer ha buone possibilità. Non è altrettanto grosso ma è furbo. Ha già provato a entrare furtivamente a casa tua?"

"Ciao, Mina. Arrivederci."

* * *

Mi affretto a prepararmi per il lavoro. Vado a cercare la biancheria intima nello speciale cassetto degli "Acquisti fatti da Orso" e tiro fuori una manciata di niente. Escremento.

Tutti questi orgasmi e una vita sessuale appagante come non ho mai avuto prima mi stanno facendo dimenticare gli aspetti pratici del vivere quotidiano, che prima mi assorbivano completamente.

Ho saltato il giorno del bucato. Il che significa niente biancheria intima pulita. Faccio le smorfie guardando il telefono. Devo dirlo a Orso.

Temporeggio. Quando arrivo al telefono c'è un suo messaggio. *Piccola, non stiamo dimenticando qualcosa?*

Ops! Ho le mani sudate, per non parlare del culo nudo sotto la gonna aderente.

Faccio il numero di Orso stando in piedi accanto alla porta. Forse parlandogli posso spiegare meglio. "Il fatto è," butto lì, subito dopo i saluti, "che non ho fatto il bucato. Per cui. Ehm. Sono rimasta senza mutandine."

Silenzio.

"Per questo non ti ho chiesto di scegliere. Stavo uscendo... senza."

Giocherello con la camicia, infilandola meglio nella gonna e lasciandola sbottonata perché si veda la canotta di seta che ho sotto. Con una gonna nera a tubino e i capelli raccolti, ho fatto un tentativo decente di impersonare 'la bibliotecaria sexy'.

"Quindi andrai a lavorare... senza mutandine?"

"Sì. Ma ho un look molto carino!" Scatto una foto e gliela invio a velocità supersonica. L'inquadratura del telefono offre un'immagine spettacolare delle tette e del fianco sollevato. La canotta di seta luccica. La gonna elasticizzata è un amore sul mio culo formoso.

Ancora silenzio, ma il suo respiro si è fatto un filino più pesante. Alla fine dice: "Ci saranno delle conseguenze, piccola."

Brividi.

* * *

Conseguenze. Mi tamburello una matita sui denti. Cosa vorrà dire Orso? Devo ammettere di essere incuriosita.

Non mi sarei mai aspettata un gioco come questo.

"Pacco speciale per te, Evie." Ben sta entrando nella mia postazione. Mi giro sulla poltrona e gli lancio un'occhiataccia della serie "Hai riconsegnato il libro in ritardo" e lui si ferma di botto all'ingresso.

"Grazie, Benjamin," bisbiglio, tornando a occuparmi del computer. "Puoi appoggiarlo sul bancone."

Lui obbedisce e poi indugia, probabilmente sperando che apra il pacco davanti a lui. Può scordarselo.

"Hai finito la sintesi del rapporto che voleva il signor Liu?" Voglio cogliere di sorpresa Ben. Vediamo come reagisce.

"Ehm…"

"Sii gentile, me lo inoltri entro le tre? Grazie mille."

Si ritira mestamente e io mi giro sorridendo verso il mio regalo. Evie 1, Ben 0.

Mi costringo ad aspettare almeno dieci minuti prima di girarmi per esaminare la bellissima confezione regalo. Sopra c'è un biglietto: "Da aprire in privato."

Mi precipito in bagno e strappo la confezione, quasi lanciando per aria un pezzo di pizzo sexy. Quindici paia di mutandine piegate in fila come cioccolatini in una scatola.

Sento stringere in mezzo alle cosce mentre mi affanno a cercare il telefono.

Mando un messaggio a Orso. *Paparino, che colore vuoi?*
Rosa.

Con le mani che mi tremano, mi infilo le nuove mutandine e gli mando una foto.

Brava, ragazza.

Considero seriamente l'ipotesi di farmi un ditalino in

bagno. Quando arrivo a casa cammino a dieci centimetri da terra. Nemmeno una chiamata di mia zia che mi chiede di decidere definitivamente gli addobbi floreali potrebbe farmi scendere. Lancio un'occhiata allo specchio mentre mi tolgo i vestiti da lavoro e non resisto alla tentazione di accarezzarmi sopra il pizzo setoso, del colore dei boccioli di rosa. Sono talmente eccitata - e comunque già inguaiata - che tanto vale me la goda.

Il telefono suona proprio quando tolgo il dito dal clitoride facendo partire l'orgasmo che ho agognato per tutto il giorno.

"Pronto?" rispondo, con il fiato corto.

"Evie," Orso strascica il mio nome. Ha capito.

"Scusa, paparino," confesso subito tutto. "Mi, ehm, mi sono toccata. E sono venuta."

"Ne pagherai le conseguenze, piccola." Nella sua voce si intuisce un sorriso compiaciuto. Mi contorco, pronta a venire di nuovo.

"Cosa mi farai?"

"Ti insegnerò a obbedire."

* * *

QUANDO ORSO APRE la porta di casa sua, il mio stomaco va in subbuglio nel vederlo. Stasera è un fuori programma. Sono al di là dei confini del gioco.

"Mi sono portata una borsa." Mi scrollo la suddetta borsa dalla spalla.

"Brava, piccola." La prende e mi porta direttamente in camera da letto. Mi fermo vedendo gli oggetti che ha preparato e sistemato su un asciugamano in fondo al letto. Orso posa la mia borsa, si siede e con un dito mi fa segno di avvicinarmi.

"Cos'è, niente preliminari?" chiedo, con la voce più tranquilla che riesco a fare, anche se sto tremando tra le sue braccia. Mi fa andare tra le sue gambe, passandomi le mani sulle braccia e pizzicottandole con fare rassicurante.

"Questa è la punizione," dice semplicemente. Guardo gli strumenti allineati sull'asciugamano: un frustino, un bastone, una specie di spazzola per capelli di legno e una piccola cosa nera a forma di lampadina: un plug anale.

"Avrò bisogno, tipo, di una parola di sicurezza?"

"Se vuoi. Puoi dire 'stop', e io mi fermerò." Reclina la testa. "Vuoi che ci fermiamo qui?"

Sarei tentata, ma no. Scuoto la testa, cosa che a quanto pare apprezza. Mi sta ancora massaggiando, passando dalle braccia a schiena e fianchi.

"Sono nervosa," gli confesso.

"L'unica cosa che devi fare stasera è obbedirmi. Se diventa insopportabile, chiedimi di fermarmi."

"D'accordo."

Mi volta per appoggiarmi a sé, mezza seduta sul suo grembo. Le sue braccia mi attanagliano, la sua mano destra scivola nei miei pantaloni da yoga e nelle mutandine per infilarsi tra le mie pieghe morbide e bagnate.

"Sei già bagnata per me."

Dire bagnata è poco.

Mi accarezza fino a quando il mio bacino inizia a contorcersi e le contrazioni dentro di me si fanno forti. "Fai la brava, piccola."

"Paparino... per favore... mi manca poco."

Sfila le dita dalle mie mutandine. Io emetto un gemito ma poi gliele succhio una a una, quando me le offre.

Mi toglie la canotta e abbassa il reggiseno perché spinga in alto le mammelle. Passa un po' di tempo a stuzzicare i miei sensibili rigonfiamenti fino a che mi metto a strusciare sul suo grembo, così attizzata che potrei venire anche solo con una strizzatina ai capezzoli. Cosa assolutamente incredibile, sapendo quanto fosse sempre stato difficile per me arrivare all'orgasmo.

"Paparino…"

Si ferma e pianta il viso sul mio collo. "Obbedisci. Vuoi farmi contento?" Alza i capelli dalla mia spalla per riempirmi di baci.

"Sì, sì, sì." È ciò che voglio più di ogni altra cosa.

"Allora obbediscimi."

"È dura," piagnucolo, e mi abbasso muovendomi sul suo cazzo. *Che è super duro.*

"Stai facendo la brava, bene." Adesso la sua mano è di nuovo nelle mie mutandine, con il palmo allargato come se mi possedesse. Ed è proprio così.

"Sì, paparino. Per favore…"

Mi porta fin quasi al culmine e poi si ferma, togliendomi dal grembo e stendendomi sul letto. Mi viene sopra e prendendomi i polsi li porta sopra la mia testa. Il mio cuore fa un balzo allo sguardo severo che c'è nei suoi occhi.

"Di chi è questa bella fichetta?" Dita rudi si infilano dentro di me, torcendosi forte. Potrebbe farmi male, ma sono bagnata fradicia.

"La tua."

"E chi decide i tuoi orgasmi?" Infila un altro dito e io gemo forte.

"Tu, paparino."

"Esatto. Io." Tira fuori le dita e se le asciuga sui miei pantaloni da yoga. "Su," ordina secco. "Sulle mie ginocchia. Se ti prendi la tua punizione standotene buona e zitta, forse ti lascerò venire."

Mi arrampico sul suo ampio grembo. Le sue cosce sono dure come la roccia, il suo profilo svetta solenne e inesorabile sopra di me. Questa versione di Orso che impone la disciplina non l'avevo ancora vista. La adoro.

"Inizieremo con le sculacciate. Poi sperimenterai la spazzola. Finiremo con l'assaggio di qualcosa di più forte. Se ti dimeni troppo, le cose peggioreranno. Tutto chiaro?"

"Sì, paparino."

È solo un gioco. Ma sembra così reale…

La sua grande mano mi strizza le natiche prima di iniziare a sculacciarmi. Lascio cadere giù la testa. Allungata sul suo grembo, senza protestare per tutti i colpi che mi arrivano sul sedere, la mia mente entra in una dimensione zen. Il bruciore, attutito dalla lycra dei pantaloni da yoga, mi arriva dritto al centro.

Arrivato a metà, mi tira giù i pantaloni. La prima sculacciata sulla pelle nuda mi fa sobbalzare. Il Signor Palmo Gentile non c'è più. Il mio sedere però è già caldo, perciò la nuova intensità del bruciore si stabilizza.

Prima che si fermi ho il culo bollente.

"Brava, piccola. Adesso la spazzola."

Cazzo.

"Cos'era quello?"

Ops, l'ho detto ad alta voce. "Mi spiace, paparino."

"Ti spiacerà di sicuro."

All'oscura promessa la mia fica si contrae. La dura superficie di legno sbatte contro il mio culo caldo, risvegliando le terminazioni nervose e facendomi sobbalzare.

Strillo, ma Orso si è accorto che sono sempre più bagnata.

"Ti piace questo?" Si ferma e mi strofina il clitoride. Adesso i miei spasmi sono dovuti a tutt'altro motivo.

"Oh, mio Dio."

"Puoi chiamarmi semplicemente 'paparino'."

Sorrido a me stessa, godendo dell'attenzione alle mie parti più intime. Alterna i colpi agli sfregamenti. Come posso non venire?

"Ancora quattro colpi con la spazzola." Mi dà qualche colpetto con la mano sulla natica sinistra prima di picchiare forte con il legno. Frigno e aspetto. Destra, sinistra, destra. Fine. Adesso le sue dita sfregano più forte.

"Stai per venire?"

"Sì," dico gemendo e lui si ferma. L'orgasmo si dissolve.

"Non ancora," dice, non senza comprensione. "Puoi scegliere. Un colpo con il bastone o tre con il frustino."

"Poi posso venire?"

"Che bambina avida. Sì, se ti metti il plug anale puoi venire."

Ohhh. Mi dimeno un po' per nascondere l'eccitazione.

"Ho bisogno di una risposta, Evie."

"Bastone," dico con un filo di voce. Ho sentito dire che fa un male cane.

"Sei sicura?"

"Sì, paparino." Anche il frustino mi incuriosisce. Gli chiederò di farmelo provare. Dopo.

"Che bastone sia, allora." Si prende il suo tempo, risollecitando l'orgasmo, fermandosi, lasciandolo morire. Quando alla fine mi sferra un forte colpo dietro le cosce con il sottile strumento, sono super eccitata e tutta rossa in faccia. Il bastone si abbatte su di me con un sibilo.

Arghaccahia. Il bastone mi lascia sulle gambe una striscia rossa e infuocata. Domani la sentirò.

"E adesso il plug," dice Orso.

Oh, sant'Iddio. Digrigno i denti per l'umiliazione, mentre lui mi lubrifica il buchino.

"Adesso anche questo è mio."

Io emetto una specie di grugnito.

In questo momento, con il plug piantato nel culo e il clitoride che pulsa per l'attenzione intermittente che gli viene riservata, mi sento come una bottiglia di champagne tappata, che hanno sbattuto e sta per esplodere.

Anche Orso fa la sua parte, strofinandomi la schiena e le

gambe, strizzando le mie povere chiappe e giocando con il plug finché non inizio a gemere.

"Non vorrai toccarti senza il mio permesso?" Affonda le dita nella mia fica inondata. L'orgasmo cresce, facendomi tendere il bacino.

"No, paparino."

"Mi chiederai ogni mattina cosa devi indossare?"

"Sì, paparino. Per favore…"

"Vieni…"

Mi sollevo dal suo grembo impennandomi. Le sue dita scavano a fondo, estendendo le scosse di piacere che si diffondono dal sedere. Vagamente consapevole del liquido che sta grondando sulla sua mano, gli afferro la gamba per non perdere l'equilibrio.

"Così va bene. Lascia che sia paparino a prendersi cura di te."

"Grazie, paparino," dico non appena riesco a riprendere fiato.

"Prego, piccola. L'idea che tu fossi andata a lavorare senza mutandine..." Ringhia qualcosa che potrebbe essere una parolaccia, se non fosse che lui non ne dice. "Senti l'effetto che mi fai."

Mi metto in ginocchio e quasi gli strappo via i pantaloni, nella fretta di tirarglielo fuori. "Lui è per me?"

"Sì. Te lo sei meritato. Occupati di lui, adesso."

Con un sorriso, faccio esattamente quanto mi viene chiesto.

* * *

QUANDO ME NE vado la mattina dopo, cercando di non pensare a come sia stato naturale svegliarsi accanto a Orso, c'è un messaggio di Sawyer che mi aspetta. Un indirizzo.

Cosa sarebbe?

Stasera alle 7. Vedi di esserci. È tutto quello che ottengo in risposta. Orso sta contagiando Sawyer.

La destinazione risulta essere nella zona industriale della città. Sawyer apre la porta di un magazzino dall'aria sospetta.

"Tutto bene?"

"Adesso sì." Mi sposta una ciocca di capelli dietro all'orecchio, mi mette una mano sotto il mento e mi dà un bacio profondo, prima di trascinarmi dentro. Attraversiamo un grande locale buio, illuminato soltanto da una luce rossa, e saliamo in un sottotetto rischiarato dalle finestre sovrastanti. L'ambiente ha un arredo piuttosto scarno, con la stampa in bianco e nero di una delle foto di Sawyer, un divano in pelle che ha visto tempi migliori e un grande schermo TV. Chic decadente. Mi mordo il labbro per non chiedergli se occupa abusivamente il posto.

Sawyer si volta verso di me e io dimentico dove sono.

"Allora," mi fa. "Orso mi ha detto che ha passato un po' di tempo supplementare con te."

"Ehm. Sì." Ho il segno lasciato dal bastone a dimostrarlo.

Mi fa un sorrisetto malizioso che mi fa tremare le ginocchia. "Adesso tocca a me."

"Che cosa faremo?"

"Guarderemo Netflix e ci rilasseremo."

Bene, non sembra troppo…

"A modo mio."

Altro sorrisetto. Altro cedimento delle ginocchia.

"Fammi lo spogliarello."

Ehm.

"Hai bisogno d'aiuto?"

Mordendomi il labbro, mi tolgo la camicetta e sfilo i pantaloni da lavoro.

Sawyer mi passa una mano sulla gamba e mi prende la natica. "Queste sono state approvate da Orso?" Tira il pizzo delle mie nuove mutandine a perizoma. Color crema.

Annuisco.

Ci infila sotto le dita e strappa l'elastico sottile. "Adesso passiamo alla mia scelta."

Oh, santa Genoveffa, mi ha appena strappato le mutandine!

"Ti si addice di più il blu," commenta. "Ne ho un paio che potrai metterti dopo."

Sorride. "Per questo ti farò venire il culo rosso."

Le mie guance avvampano. Orso mi ha sculacciata, ma Sawyer non lo ha mai fatto. Sembra una cosa strana? Non strana, diversa. Ed eccitante.

Si siede sul divano in pelle malconcio.

"Prendi la mia borsa."

"La tua borsa? Una borsa da uomo, un borsello quindi."

"Quello che sia. Chiamala borsa e basta. Ti piace l'idea che ti faccia venire il culo rosso, vero?"

"Sì, sculacciami, paparino." Gli faccio l'occhiolino.

Emette un suono rauco. La stoffa del davanti dei suoi jeans si tende.

Prendo il suo borsello e lo appoggio con cautela accanto a lui. Lo afferra e tira fuori... della corda. Metri e metri di corda.

"Ti hanno mai legata?"

Lo guardo sbattendo le palpebre, sentendomi insicura.

"Girati. Mani sopra la testa." Dopo aver obbedito esitante, lui si alza e mi avvolge la corda attorno al petto, fermandosi per slacciarmi il reggiseno prima di far passare la corda più volte sotto al seno. Le mie tette si mettono sull'attenti, implorando di essere toccate, ma lui ha l'aria seria, concentrata, mentre si inginocchia per avvolgermi la fune attorno a gambe e fianchi, come a formare un paio di mutande di corda improvvisate.

"Troppo stretta?" Tira un po' e io rispondo di no con un grugnito. "In ogni caso non ti preoccupare, ho sempre un paio di forbici a portata di mano."

"Ah sì, non strappi la corda a mani nude?"

Mi dà un colpetto sul sedere, leggero.

"È tutto quello che sai fare?" Lo provoco con insolenza.

"Orso non mi aveva detto che sei una monella viziata." Sembra contento.

"Può darsi che con Orso faccia la brava."

"Con lui fai la brava e con me la cattiva?"

Sollevo un sopracciglio e lui ridacchia, continuando ad avvolgermi con la corda. "Tranquilla, non mi crea nessun problema."

Si concentra a fare un nodo quando ha finito. "Fatto." Tira, e io oscillo un po'. "Dovrebbe essere abbastanza tesa." Si alza e prova a tirare per la prima volta. La corda si stringe attorno alle mie gambe, e scivola sull'inguine prima di arrivare a tirare sul capolavoro che mi incornicia le tette.

"Evie." Sembra quasi dolorante, come se fosse lui a essere legato al posto mio. "Sapevo che sarebbe stato bello da vedere, ma..."

Mi strofina i capezzoli con il pollice. Gli afferro il polso e lui emette un gemito di piacere.

Senza neanche accorgermene mi ritrovo con i polsi legati blandamente dietro alla schiena. Le spalle non sono troppo tirate all'indietro, ma non sarei in grado di liberarmi le mani. Poi lui mi porta più vicino al divano.

"E adesso?"

"Adesso..." Mi fa mettere sopra le sue ginocchia, a testa in giù, e mi dà una sculacciata. "Orso ci va giù duro quando ti sculaccia?"

"Non saprei cosa risponderti. Perché non gli chiedi di farti vedere come fa? Se te lo mostra è meglio che se te lo dice e basta... ahia!"

"Ne ho abbastanza delle tue chiacchiere." Sawyer mi dà una raffica di sculacciate sulle natiche nude. La corda mi incornicia le chiappe, proprio come fa attorno al seno.

Sawyer tira il singolo lembo di corda che mi passa in mezzo all'inguine e un fulmine mi attraversa il cervello.

"Ti piace la tua corda?"

"Nnghnghh," bofonchio, e lui si mette a ridere. Tira fuori un telecomando da qualche parte e clicca accendendo il grande schermo. Di colpo stiamo vedendo un film, dove lui è vestito e io nuda, avvolta dalla corda e coricata sulle sue ginocchia.

"Mi liberi?" chiedo dopo pochi minuti.

"Stai zitta o ti imbavaglio."

Meglio di no.

Non mi lamento ulteriormente e lui mi ricompensa, palpeggiandomi il seno, passando rudemente le dita sulle grandi labbra, ripiegate sulla corda inguinale. Me la fa vibrare in mezzo alle gambe e mi dice che posso venire. Non appena vengo invasa dall'orgasmo inizia a farmene crescere un altro.

Non faccio molta attenzione al film.

Tira ripetutamente la corda che ho in mezzo alle gambe e poi la allenta per giocare con il mio culo. In men che meno, il suo indice si muove ruotando sul mio buchino. Stringo le chiappe.

"Uhhhh..."

"Il tuo culo è ancora vergine?"

"Sì."

"Lo prenoto."

"Lo ha già fatto Orso."

"Orso non è il mio capo." È una punta di acredine quella che sento nel suo tono. Fisso lo schermo e lascio che il silenzio scenda su di noi. "Scusami," bisbiglia Sawyer dopo un minuto. Toglie l'audio al film e mi sistema supina con la testa sul bracciolo imbottito. "Se hai bisogno di una pausa, chiedimi di fermarmi," mi dice asciutto, abbassando la chioma bionda in mezzo alle mie gambe.

Scopro che l'unica cosa migliore delle sue dita che tirano la corda inguinale è la sua lingua. Mi contorco e mi dimeno, e faccio qualsiasi cosa salvo dirgli di fermarsi. Le mie dita fremono dalla voglia di conficcarsi tra i suoi capelli.

"Sawyer," dico a un certo punto ansimante, e lui alza la testa.

"Sì?"

"Scopami per favore."

"Con piacere."

È quasi mezzanotte quando mi lascia andare. Mi ha slegata da parecchio, salvo legarmi e slegarmi di nuovo in modi sempre diversi. Vacillando, recupero i miei vestiti e li indosso, fregandomene se sono all'incontrario. Ho fatto un sesso Shibari fantastico con Sawyer. La mia camminata per rientrare a casa non sarà una sfilata della vergogna, sarà una marcia trionfale.

Sawyer mi guarda vestirmi, con le mani in tasca. "Vuoi che ti prepari qualcosa?"

Dopo tutti questi orgasmi sarò sicuramente disidratata, ma non si vedono cucine in giro. Nemmeno un piccolo frigo bar.

Faccio un gesto con la mano come a dire 'no, grazie' e qualcosa attraversa i suoi occhi, un'esitazione che non gli ho mai visto: di solito è così sicuro di sé... "Ti inviterei a rimanere ma..." Alza le spalle guardandosi attorno nel locale, dove non c'è un letto.

"Probabilmente è meglio se non passiamo la notte insieme."

"Da Orso però sei rimasta." È così serio, all'improvviso, che quasi stento a riconoscerlo.

"Sì, be'... è stato uno sbaglio."

"Puoi dirlo." La sua voce è piatta.

Mi dirigo verso le scale. "Lo sai anche tu che si tratta di una cosa temporanea."

"Evie..."

"Mi è piaciuto molto," dico in fretta. "Considerati in posizione pari. Non lascerò che la notte passata con Orso rovini la gara."

"Affanculo la gara," bisbiglia, passandosi una mano tra i riccioli biondi.

"'Notte," dico deglutendo e scappo via, praticamente correndo fuori dal magazzino. Non mi fermo nemmeno a curiosare nella stanza dalla strana illuminazione, come avrei voluto fare. È meglio così. Meno rischioso. Limitarsi alla gara e godere ogni momento, perché non ci sarà altro. Tra due round, tutta la storia sarà finita.

 UINTO ROUND

"CHE POSTO È QUESTO?" Siamo di nuovo nella zona industriale della città. Ho dimenticato di chiederlo a Sawyer, quando ci siamo incontrati qui alcune sere fa.

Orso mi aiuta a non cadere passando sopra del cemento rotto per arrivare alla porta del magazzino. "È lo studio di Sawyer."

"C'è anche lui?" Non so se Sawyer sarebbe d'accordo sul fatto che Orso mi abbia portata qui. Qualcosa mi dice che una certa tensione sta incrinando la loro amicizia.

"Non in questo momento. Vieni. Devo mostrarti una cosa."

L'interno è piuttosto buio, come la prima volta. Entro in un fascio di luce denso di pulviscolo.

"Cos'è che vuoi farmi vedere?"

Accende la luce che, un po' a stento, torna in vita. Mi

ritrovo nel bel mezzo di un cerchio di foto, ingrandimenti stampati su tele da olio. Il mio viso replicato decine di volte.

"Oh, mio Dio." Sono le foto di me sulla spiaggia, con il vento tra i capelli e tutte le curve esposte. Sono bellissime.

Io sono bellissima.

Mi vengono le lacrime agli occhi.

"Grazie," sussurro. "Grazie mille."

"Questo e altro, piccola," mormora lui. "Per te questo e altro."

* * *

ORSO MI RIPORTA a casa sua per bere e mangiare carne alla griglia.

"Stai giocando sporco," gli dico. "Dovrei dire a Sawyer che stai cercando di avvantaggiarti su di lui dandomi da mangiare."

"Non è per questo che lo faccio, bambina."

Con il bicchiere di vino indico la griglia e il tavolo sotto al portico apparecchiato per due. "Vorresti forse dirmi che tutto questo non è per salire in classifica?"

Mi dà un bacio in fronte prima di tornare a far girare il pollo sul girarrosto. "Mi piace vederti mangiare."

Come al solito, le sue parole mi rendono raggiante. Flirto con lui per tutta la portata principale, facendo scorrere il piede sul suo polpaccio e suggerendogli di mangiarsi qualcosa di dolce come dessert. Me lo lavorerò per bene e poi gli dirò che è impossibile dichiarare un vincitore della gara. Non dovrò fare altro che mangiare il cibo che mi dà, indossare gli abiti che compra per me e chiedergli il permesso di venire per sempre.

Lo sto aiutando a sparecchiare quando il mio telefono squilla. Mina. Vado in corridoio e rispondo con un pigro, "Ciao."

"Ciao, ragazza." Mi metto in allerta non sentendomi appellare con il solito epiteto. "Stai sempre cazzeggiando con Orso e Sawyer?"

"Perché?"

"Fate sul serio?"

Ingoio. "Non lo so. Hai scoperto qualcosa?" Vado in bagno e mi tiro dietro la porta. "Dimmi."

"Le fotografie di Sawyer stanno suscitando un certo interesse. Farà una mostra in una galleria di San Diego, dove gli offrono anche una residenza per artisti."

"Che cosa?"

"Speravo che ne fossi al corrente. Se ne andrà presto."

Mi schiarisco la gola. "Be', sono contenta per lui."

"C'è dell'altro. Ho fatto ulteriori indagini su Orso."

"Non dirmi che ha una ex moglie o un figlio illegittimo", provo a fare una battuta.

"No, solo un profilo su Fetlife. È un bel po' che è in cerca. Ma recentemente ha cambiato il suo stato in "impegnato in una relazione."

"Oh," dico con voce soffocata. "Be', buon per lui." Non riesco a fermare la sensazione di sprofondare. Volevo sapere se questa era una storia vera o solo temporanea? Ho appena avuto la risposta.

Il nostro non è che un gioco, e presto finirà. Qualunque sia il risultato, sarò io a perdere.

Torno in soggiorno, continuando a fissare il telefono. Vengo salutata da una grande foto. Un'altra in bianco e nero con me che rido tra la spuma delle onde.

Dev'essere un giochino che fanno spesso: scegliere una ragazza e rimetterla in sesto. E a me andava bene stare al gioco, fino a che non mi hanno dato l'impressione che per loro contassi qualcosa. Ma in realtà ero solo un progetto di Orso. E Sawyer? Mi ha scattato le foto soltanto perché ne aveva bisogno per una mostra.

Magari me ne regalerà una come ricordo dei bei tempi felici.

"Danno una partita. Ho pensato che potremmo guardarla." Orso si ferma quando vede l'espressione che ho in viso.

"Tu lo sapevi?" Faccio un cenno con la testa verso la foto. "Sapevi della mostra di Sawyer?"

"Sì," dice accigliandosi. "E tu?"

"No." Di colpo il petto mi si stringe e nella stanza sembra che manchi l'aria. "Devo andare." Se non esco subito rischio di scoppiare a piangere. Mi prenderà il panico come nel camerino, ma mille volte peggio. Piantomaggedon.

"Evie." Si avvicina e mi prende il viso tra le mani. "Guardami."

Giro gli occhi da un lato e dall'altro, da qualunque parte meno che verso i suoi.

"Non ce la faccio," sussurro. "Mi spiace. Non posso più farcela."

Mi precipito alla porta.

"Evie," mi urla dietro Orso. Mi affretto a salire sulla mia auto, sbatto la portiera e la chiudo. Non perdo tempo a guardarlo nello specchietto retrovisore.

Nelle ore successive, il mio telefono squilla ripetutamente. Prima Orso, poi Sawyer. Guido senza meta.

Prima mando un messaggio a Sawyer. *Avevi intenzione di fare la mostra fotografica senza chiedere il permesso di usare le mie foto?*

Non sono passati neanche dieci minuti da quando sono arrivata nel mio appartamento, che qualcuno bussa alla porta.

"Vattene," urlo.

"Evie, per favore." È Sawyer. Sembra affranto, e questo mi fa solo arrabbiare. Perché dovrebbe essere affranto? Era solo un gioco del cazzo.

Apro la porta senza togliere la sicura. "*Game over.* Dichiaro il pareggio."

"Evie, qui non c'entra un cazzo la gara."

"Come no."

Si passa una mano tra i capelli. "Siamo stati stupidi. Tu un po' eri tutta eccitata e poi ti abbacchiavi. Non volevamo metterti troppo sotto pressione nel caso avessi preferito uscirne."

"Benissimo. E le foto?"

"Avevo bisogno di foto per la mostra, ma non le avrei mai usate senza il tuo permesso. Te lo giuro. Dipende da te, tutto è sempre dipeso da te."

"Sia quello che sia. Almeno tu qualcosa ci hai guadagnato." Inizio a chiudere la porta e lui infila le dita nella fessura per fermarmi.

"Evie. Non abbiamo mai avuto intenzione di ferirti."

"Lo so. Era soltanto un gioco."

"Ma no, cazzo. Eri tu il premio. Fin dall'inizio. Se non vuoi credere ad altro, credi almeno a questo. Sei tu il premio."

"Fantastico. Lo scriverò sul mio profilo Fetlife."

Fa un respiro profondo. "Cosa intendi dire…"

"Chiedi a Orso. Addio, Sawyer." Mi allontano dalla porta. Prima o poi se ne andrà.

Sei tu il premio.

"Sì, proprio," borbotto. Se fosse vero, lui non se ne andrebbe e Orso non avrebbe già trovato una sostituta.

Sul prato fuori dal mio appartamento risuona un urlo. Esco sul balcone appena in tempo per vedere Sawyer precipitarsi verso Orso.

"Che cazzo hai fatto?" Sawyer punta una mano sul petto dell'amico e lo spinge. Orso non si muove di un centimetro ma Sawyer non sembra essersene accorto. "Le hai fatto del male?"

Un suono roco di Orso, troppo basso perché io possa udire la risposta.

"Tu e i tuoi stupidi giochetti perversi," urla Sawyer. "Che cazzo le hai fatto?"

Adesso stanno proprio litigando. Cazzo. Per causa mia.

Sawyer tira un pugno. Come un fulmine esco dalla porta e mi precipito giù dalle scale. Quando arrivo di corsa si stanno affrontando sul prato.

"Fermatevi! Fermatevi per l'amor di Dio!"

Sawyer arretra, con la mascella serrata. "Avevamo una regola: non farle del male. Cosa le hai fatto?"

"Non so di cosa stiamo parlando," ringhia Orso. "Evie?"

"Non è colpa di nessuno. Mi sono semplicemente stufata." Fredda, calma, sofisticata. Comportati come se non avessi il cuore che sta sanguinando sul pavimento. "Grazie per i bei ricordi." Faccio una pausa prima di rientrare nel condominio. "Sawyer, hai il permesso di usare le foto." Tanto non credo che uscirò di casa tanto presto. Chiamerò mia cugina per farle le mie scuse e il mio capo per negoziare di poter lavorare in smart working. Vivrò di cibo da asporto e ingrasserò di trecento chili. Quando morirò mi porteranno via con una gru.

A metà delle scale, una grossa mano mi afferra il braccio. Mi fermo ma mi rifiuto di guardare. "Lasciami andare."

"Parlami," dice Orso imperioso.

"Troppo tardi. Troppo fottutamente tardi." Con uno strattone libero il braccio dalla sua presa. "Mi vuoi parlare? O vuoi riparare le mie magagne?"

"Evie…"

"Non sono un cazzo di progetto. Tu, Sawyer, mia zia… Che cavolo ho che non va? Perché tutti vogliono cambiarmi? Lo so che sono patetica, ma volete lasciarmi in pace, sì o no?"

"Non sei un progetto."

"L'oggetto di una gara, allora."

"Evie, non sto giocando." Punta la mano sul muro sopra la mia testa. "Non è mai stato un gioco per me."

Lo guardo, con il petto ansante. Fa male dentro. Fa male per davvero.

Mi prende il mento, delicatamente. "Non è un gioco," ripete, e poi dice una cosa che fa veramente paura. "È tutto vero."

"E adesso è finito."

CAPITOLO 8

*A*rrivo quasi al punto di chiamare Mina per chiederle se sia difficile cambiare identità. Cancellare Evangeline, altresì detta Evie, dalla faccia della terra. Trasferirmi a Parigi. Mettermi a fumare, che tra l'altro mi aiuterebbe a dimagrire. Dimagrirò, ma continuerò a vestirmi di nero. Zia Jen approverà.

Invece non chiamo Mina. Non chiamo nessuno. Me ne sto a testa china, vado a lavorare e faccio finta di essere un'espatriata in un Paese straniero, senza legami con nessuno.

Spengo il telefono, il che si rivela essere un'ottima decisione, perché durante la settimana che precede il matrimonio zia Jen mi ha chiamata praticamente mille volte per chiedermi di andare 'volontariamente' a prendere i fiori, i regali per le damigelle i cupcake al cioccolato con la glassa rosa. *Non assaggiarli per favore, Evangeline! Sono contati di numero.* Fino alla mattina stessa del matrimonio, quando voleva che andassi a prendere la coroncina che mia cugina aveva dimenticato a casa sua. Nessuno di questi messaggi è arrivato a destinazione e quando faccio capolino per un augurio affettuoso a mia cugina prima che salga all'altare, la zia quasi mi salta agli occhi.

Accendo il telefono entrando in chiesa, e come potevo immaginare, mentre si rianima vibra di continuo con tutti gli avvisi di messaggi scritti e vocali che mi sono persa. Quasi mille da zia Jen, per l'appunto, uno dalla mia amica Mina e uno da Sawyer. "Mi dispiace."

Provo a vedere se mi è arrivato qualcosa da Orso, ma non c'è un bel cavolo di niente.

Scuotendo la testa, infilo il telefono nella borsetta. Sto indossando il vestito che mi ha comprato Orso; in fondo non è che un vestito, no?

I due uscieri - amici dello sposo - vanno a sbattere l'uno contro l'altro, per farmi sedere. Uno dei due si potrebbe considerare carino. Forse potrei rapirlo prima del ricevimento e dire che è il mio ragazzo. I ricevimenti di nozze sono un'ottima occasione per gli incontri tra single, no? O questo vale solo per le damigelle?

Mi sono appena rassegnata a essere un'aspirante damigella d'onore un po' troia quando il mio telefono vibra. Per abitudine lo tiro fuori.

"Dove sei?"

"Al matrimonio. Perché?"

"Girati."

Mi giro e dalla mia bocca esce un suono tipo, "Uuunf." I due sono lì, in una versione smoking da orgasmo immediato.

"Wow," dico, prima di ricordarmi di essere arrabbiata con loro.

Sawyer sorride. Orso è più impassibile.

"Siete qui?" Vorrei chiedere. *"Perché?"* Ma mentre li guardo mi rendo conto che non c'è mai stato da dubitare che se avessi avuto bisogno di loro ci sarebbero stati. Pur essendo stati con me soltanto per divertirsi un po', a me ci hanno sempre tenuto. Anche se non mi hanno mai promesso niente.

Escremento. Okay, allora. Posso fare la gentile, durante il matrimonio. Meglio evitare scenate. Oppure fare davvero una scena da film, con la vecchia, sciatta Evangeline che si presenta al matrimonio della cugina non con uno, ma con due fidanzati da urlo.

Un paio di vecchiette magroline passano davanti a Orso girando il collo, fissando a bocca aperta la sua mole gigante-sca. Sembra assolutamente fuori posto, come un Orso al tè delle cinque.

Faccio un piccolo sorriso in segno di tregua. Mi sono mancati così tanto… Forse possiamo rimanere amici.

Sawyer si fa avanti per salutarmi.

"Evie." Mi bacia sulle guance. "Stai bene?" Si ritrae, godendosi il mio sguardo ammirato. Si mette in posa nel suo smoking. "Ti piacciono questi costumi da pinguino?"

"Credo che mi abbiano appena messa incinta."

Scoppia a ridere e metà della chiesa si volta a guardarlo.

Io divento rosso fuoco.

"Evangeline." Irrompe agitata zia Jen. "Abbiamo bisogno che ci… oh, salve." Il suo sguardo stressato passa dall'arrab-biato all'affascinato, in un nanosecondo. Strega cattiva, fatina buona.

"Salve," fa Sawyer, con un sorriso che riunisce in una sola persona il fascino di Chris Helmsworth, Chris Pratt e Chris Evans. Tanta roba, senza dubbio. "Piacere, sono Sawyer."

"Buongiorno, Sawyer." Zia Jen fa cenno a lui e poi a Orso. "Amici della nostra piccola Evangeline?"

"Preferisce essere chiamata Evie," la corregge Orso. Mia zia alza gli occhi per guardarlo, sbattendo le palpebre. Le sue ciglia impregnate di mascara sembrano minuscole zampe di ragno avvizzite.

"Non siamo suoi amici," risponde Sawyer. "Cioè, non solo amici."

"Siamo i suoi ragazzi," specifica Orso.

"Che cosa, tutti e due?" La testa di zia Jen si sposta dall'uno all'altro, gli occhi sbarrati.

"Esatto," conferma Sawyer offrendomi il braccio. "Andiamo?"

"Andiamo." Prendo a braccetto lui da una parte e Orso dall'altra e insieme ci allontaniamo lasciando mia zia esterrefatta.

Sawyer mi prende una mano, Orso l'altra. Io sto al gioco, sperando che il cielo non si squarci sopra le nostre teste e appaia un corso di angeli che canta: "Evangeline è una peccatrice." Mi sorprende che i miei capelli rossi non stiano andando a fuoco.

Il corteo nuziale ha inizio e le cose diventano sempre più surreali. Ci alziamo in onore della sposa, con Orso che sovrasta tutti quanti. La gente cerca con lo sguardo la ragazza sciatta che si è occupata dei fiori e al suo posto trova me e loro. Sento pronunciare il mio nome seguito da un rantolo sussurrato: "Con due uomini!"

Quando ci sediamo, Orso mi posa un braccio sulle spalle.

"Hai messo il vestito che ti ho comprato," bisbiglia.

Annuisco. Ho raccolto i capelli in uno chignon a banana anni '50. A quanto pare mi sta bene, sembro uscita dal set di *Mad Men*. Alcuni miei parenti rimangono a bocca aperta vedendo le mie forme in evidenza, e ci sono diversi ragazzi che non riescono a staccarmi gli occhi di dosso, nemmeno durante le promesse di matrimonio. Orso cambia un po' posizione, impedendomi alla loro vista mentre li guarda torvo.

Una vecchietta nel banco davanti a noi sbircia attraverso gli occhiali, con gli occhi ingranditi dalle lenti. Sawyer le fa un salutino con la mano e lei si affretta a voltarsi bisbigliando ad alta voce nell'orecchio del suo accompagnatore. Sawyer mi strizza il ginocchio.

Al ricevimento, me ne sto in mezzo a due degnissimi rappresentanti di forza maschile, sorseggiando champagne. Di tanto in tanto, qualche prozia o qualche lontano parente arriva dalle nostre parti e io presento loro i miei ragazzi. Tutti e due. Dopodiché Orso li stupisce e Sawyer li affascina, mentre io bevo altro champagne. Quando arriva il momento di lanciare il riso, mi sento abbastanza sciolta da abbracciarli entrambi e sussurrare un 'grazie'.

"Evie…" fa Sawyer, ma Orso lo blocca.

"Non qui."

Mi accompagnano all'auto, tenendomi a braccetto, anzi sorreggendomi. Non sono poi così alticcia, ma se abbasso gli occhi sul decolleté, mi vengono le vertigini.

Prima di arrivare alla macchina mi fermo. A nessun costo Orso mi lascerà guidare fino a casa. Mi volto piena di aspettative. I due uomini al mio fianco sono così belli che il mio cuore si ferma per un attimo, prima di riprendere a battere.

"Non è stato un gioco," romba la voce bassa di Orso.

"Scusa… che cosa?"

"Non è stato solo un gioco. Quando ti ho vista, ho capito che ti volevo."

"Vale anche per me," lo interrompe Sawyer. "Eri così irremovibile sul fatto di non voler più uscire con nessuno, che mi è venuta in mente questa cosa. Avevamo scherzato sul fatto di farlo con una ragazza per gioco, ma invece era una cosa seria. Mi dispiace. Mi dispiace se ti ho ferita."

Scuoto la testa facendo segno di no prima di dire in fretta: "Non mi hai ferita. È stato divertente."

Orso si china su di me e io alzo gli occhi per guardarlo.

"E adesso? Come faremo d'ora in poi?"

"Io voglio continuare a vederti." Mi stringe la mano attorno al polso, poi la fa risalire sul braccio, provocandomi la pelle d'oca.

"E la tua nuova relazione, allora?"

"Che cosa?"

"Quella su Fetlife," dico arrossendo.

"Perché, tu sei su Fetlife?"

"No, io no." Sono sempre più rossa. "Una mia amica mi ha detto che sei stato in cerca a lungo, e poi hai cambiato il tuo status."

"Certo, piccola. Ho smesso di cercare dopo aver trovato te."

Oh.

"Voglio che questa cosa possa funzionare." Orso mi guarda dritto negli occhi. Mi aggrappo a lui sentendo il mondo oscillare sotto i miei piedi. "Ti voglio in tutti i modi in cui posso averti. Non dobbiamo necessariamente seguire delle regole o una disciplina o usare oggetti sadomaso."

"No," mi sorprendo a dire. "A me piaceva. Era divertente. Voglio tutto così com'era."

Sawyer sorride a entrambi. "Io devo andare ad allestire la mostra, ma tornerò. Forse potresti venire a vederla?"

"Verremo insieme," conferma Orso. Mi tiene la mano sulla schiena mentre Sawyer si china per baciarmi.

Appoggio le labbra alle sue, circondata da una colonna sonora di sussulti scioccati. Quando le stacco, alcune vecchie signore si stanno allontanando in tutta fretta, a bocca aperta e con gli occhi sbarrati.

"Mi piace l'idea," gli dico salutandolo mentre parte con la sua Jeep.

Orso torreggia al mio fianco, un gigantesco James Bond. Non ho proprio idea di dove abbia potuto trovare uno smoking della sua taglia.

Mi volto lentamente, sentendo la musica dei titoli di coda del film che inizia a suonare. La mano di Orso si stringe attorno alla mia vita.

"Allora," cerco di mantenere un tono di voce il più normale possibile. "Hai voglia di giocare?"

* * *

Epilogo #1

"È INCREDIBILE," dico a Orso intanto che lui mi porge una coppa di champagne. Mentre mi giro sui tacchi, contemplando la galleria piena di foto di Sawyer, mi tiene una mano sulla parte bassa della schiena. Stasera ha un atteggiamento piuttosto possessivo. Non c'è da sorprendersi, considerando che la parte finale della mostra è costituita da sei immagini che mi ritraggono con addosso nient'altro che lentiggini e spruzzi d'acqua marina.

Una donna si gira dopo aver esaminato una foto, mi vede e si volta a ricontrollare.

"Ma quella è…?" Mi indica, e un gruppetto di persone si volta per confrontarmi con le foto in bianco e nero appese al muro.

Sorseggio lo champagne, e vorrei tanto che il bicchiere fosse più grande per coprire il rossore che ho in viso. Nessuna delle foto mostra più di un'allusione alle mie parti intime, ma con tutta quella pelle esposta, è come se lo facessero. Con la scogliera frastagliata alle spalle e sabbia e spuma che lambiscono il mio corpo nudo sembro fondermi con il paesaggio, e le mie curve paiono mitiche e senza tempo come il cielo e gli scogli.

Controllo il prezzo, ma tutti i cartellini dicono: "Collezione privata. Esposta su concessione del proprietario."

"Mi rendo conto sia un bene che Sawyer abbia venduto qualcosa, ma è strano pensare che il mio culo nudo venga esposto sulla parete di qualche ricco collezionista d'arte," commento.

"Non accadrà," dice Orso con la sua voce roca. "Le ho comprate tutte io."

Rimango a bocca aperta. "Le esporrai?"

"Perché dovrei?" Si china appoggiando la fronte sulla mia. "Ho già l'originale."

Gli accarezzo una guancia inclinando la testa per un bacio, quando veniamo interrotti da una voce autoritaria.

"No, no, certe cose qui non si fanno, per favore." Sawyer arriva a grandi falcate, elegantissimo nel suo smoking. "Almeno mentre sono sprovvisto di macchina fotografica." Mi fa l'occhiolino.

Lancio un'occhiata a Orso e lui annuisce. Con un gridolino di felicità mi butto tra le braccia di Sawyer.

"Ritiro quello che ho detto," esclama ridendo. "Puoi fare tutte le effusioni amorose in pubblico che vuoi."

"Questo è usare due pesi e due misure," gli dico.

"Di sicuro due di qualche cosa." Mi abbraccia forte, premendo l'uccello contro di me prima di baciarmi sulle guance. Circondandomi con un braccio, mi fa voltare verso il mio bellissimo accompagnatore. "Allora? Ti stai prendendo cura della mia ragazza?"

"La *mia* ragazza," lo corregge Orso. Il suo sguardo mi accende.

Diverse persone ci stanno fissando, ma non me ne importa un fico secco.

"Ehi, voi due," mi piazzo tra di loro mettendogli le mani sul petto. "Sono abbastanza in carne da poter soddisfare entrambi."

"A proposito, è deciso allora?" chiede Sawyer. Io non capisco ma Orso fa cenno di sì, avvicinandosi di nuovo con fare possessivo.

"Stasera."

"Di cosa state parlando?" chiedo.

Orso mi fa voltare verso di lui e china il capo. "Non abbiamo mai fatto il round finale."

Sul mio viso aleggia la confusione. Posa la fronte sulla mia, muovendola piano da una parte all'altra.

"Non è quello che pensi. Non significa che tra noi è finita. È l'inizio. Io e Sawyer vogliamo fare quello che avevamo previsto, per festeggiare la fine della gara e l'inizio di qualcosa di meraviglioso…"

"Sì." Mi allungo per stringergli le braccia al collo. "Piacerebbe anche a me."

Arriva una persona a chiedere qualcosa a Sawyer. Prima che il biondo se ne vada, Orso gli porge una chiave elettronica e gli dà il numero della nostra camera d'albergo.

"Andiamo, piccola." Orso mi prende il braccio e mi conduce verso l'uscita.

"Ce ne andiamo già?"

"Non esattamente." Mi trascina nel bagno privato e chiude la porta a chiave. "Piegati sul lavandino," mi ordina.

"Adesso?" Mi sto già eccitando.

"Adesso." Mi dà una sculacciata e mi alza il vestito sopra i fianchi.

Lancio un'occhiata alle mie spalle e vedo che ha in mano un flaconcino di lubrificante e un plug anale.

"Ma veramente?"

"Devo prepararti." Mi sfila le mutandine. "Chinati verso il basso, gambe divaricate." Le sue dita frugano in mezzo alle natiche, cospargendo il lubrificante e sondando il mio buchino. "Spingi il sedere all'indietro e allarga le chiappe." Tempo di infilarmi il plug e la mia fica è già gocciolante.

"Fatto." Tamponando, toglie il lubrificante in eccesso, poi mi tira su le mutandine e risistema il vestito.

Mi fa tenere il plug per tutto il tempo della mostra e durante il rientro in hotel.

Quando la maniglia della porta della stanza si apre ed entra Sawyer, sto già morendo dalla voglia. "Cazzo." Si ferma sui suoi passi.

Sono allungata sul letto, con le braccia legate e il deretano rivolto verso la porta. Il plug anale che ho tra le chiappe gli fa un salutino. "Evie," mormora Sawyer, e avvicinandosi mi passa le dita sulle natiche.

"È pronta per te," gli dice Orso. Orso mi ha stimolata con un vibratore e sono fradicia come non mai. "L'ho preparata, e si è comportata molto bene."

Le dita di Sawyer sono ancora sulla mia pelle. "Questo vuol dire…"

"Che se vuoi puoi scopartela nel culo," dice Orso magnanimo a Sawyer. È incredibilmente eccitante il modo in cui assume possesso del mio corpo. Mi dimeno un po', finché Orso non mi posa una mano sulla schiena. "Stai ferma, piccola. Sei stata bravissima finora. Soddisfa Sawyer e potrai venire." Mi accarezza la schiena mentre un altro paio di mani esplora il mio corpo nudo come per riprendere confidenza. È soltanto passata una settimana e mezza da quando Sawyer se n'è andato, ma Orso mi ha davvero messa alla prova, facendomi capire chiaramente i sentimenti che nutre per me. L'Orso fidanzato, l'Orso autoritario: ho sperimentato tutte le sue versioni.

"Evie." Sawyer si china per guardarmi negli occhi. "A te va bene? Lo vuoi?"

"Sì," lo rassicuro. "Non vedevo l'ora che arrivasse questo momento." Quello che c'è tra me e Orso è assolutamente soddisfacente, ma l'idea di giocare con entrambi scatena la mia libidine ai massimi livelli.

"E il tuo culetto?" Sawyer mi prende il sedere a coppa. "Anche lui è pronto per me?"

"Mai stato più pronto." Alzo gli occhi al cielo e lui mi dà una sculacciata, poi mi massaggia.

"Non saprei," dice, trasformandosi in un Sawyer versione severa davanti ai miei occhi. "Non mi sembra abbastanza rosso per i miei gusti."

"Sì, paparino," mormoro con aria sottomessa mentre lui armeggia con la chiusura dei calzoni.

"Succhiamelo. Fammi un po' godere mentre ti sculaccio."

Apro la bocca e lo faccio, gemendo tutta contenta attorno al suo cazzo mentre mi colpisce il culo esposto. Ci vuole un attimo perché sia pronto, mentre nel frattempo mi fa entrare e uscire il plug anale, ammirando il mio buchino allargato ogni volta che lo rinfila.

"È questo che vuoi?" chiede. Io gemo, con i capezzoli duri come punte di diamante.

"Sì, paparino, per favore…"

"Cazzo," bisbiglia come dicendo una preghiera, per la seconda volta questa sera. Il plug lascia il mio culo con uno schiocco ovattato. Posiziona l'uccello sul mio buco dilatato e lo spinge dentro. Io mi muovo un po' per facilitarlo.

"Accarezzale il clitoride," gli consiglia Orso. "Se lo fai, verrà attorno al tuo uccello."

"Sì, cazzo." Sawyer si muove con delicatezza dentro e fuori di me, con le dita che trovano la mia fessura bagnata.

"Paparino?" Allungo il collo e Orso annuisce.

"Hai il permesso di venire."

Ho un brivido. È così naturale ed eccitante che sia Orso ad avere il controllo su di me. Le dita di Sawyer trovano il punto giusto e da me fuoriescono tutti i suoni possibili e immaginabili che denotano l'impellenza di venire.

"Bravissima, sporcacciona di una ragazza," mormora Sawyer. "Fammi un regalo. Vieni con il mio cazzo nel culo."

Sulla mia schiena si diffonde un pizzicore, mentre l'orgasmo mi fa contrarre la fica e il culo. Sawyer si esibisce in una raffica di parolacce.

"Stai godendo?" chiede Orso, divertito.

"Il suo culo mi sta strizzando l'uccello. Oh, cazzo…"

Alzo gli occhi sentendo una grossa mano sulla nuca. Orso mi sorride, con il membro che muovendosi in su e in giù mi riempie la vista prima di entrarmi in bocca. Glielo succhio e glielo lecco nel modo che piace a lui, come mi ha insegnato. Vederci deve aver portato Sawyer oltre il limite, perché con un forte ansito esplode nell'orgasmo. Quando lo tira fuori, Orso mi gira e prende posto in mezzo alle mie gambe.

"Vieni quanto vuoi, bellezza," mi dice prima di scivolarmi dentro e portarmi in paradiso.

"Ne hai avuto abbastanza, piccola?" chiede Sawyer più tardi. Sono tra le sue braccia in mezzo al letto king size, con Orso dietro di me. Orso lascia che Sawyer e io ci facciamo le coccole, ma sento che sta aspettando di abbracciarmi a sua volta stringendomi da dietro, prima che mi addormenti.

"No," rispondo sorridendo. "Non ne avrò mai abbastanza."

"Sfida accettata."

Mi vengono i brividi. Orso aveva ragione. Questa non è la fine del gioco.

È l'inizio.

* * *

Epilogo #2

"Come sei bella," mi dice mia cugina Genevieve in un soffio, abbassandomi il velo.

"Anche tu."

"Pssh." Agita una mano, con l'altra appoggiata sulla

pancia. Il suo bel pancino tondo, in attesa. "Questo è il tuo giorno." Mi prende il braccio e mi fa voltare verso lo specchio. "Guardati."

"Tu, guardati. Sei radiosa."

"Anche tu lo sei." Sorridiamo alle nostre immagini riflesse. Mia cugina è flessuosa, io formosa, ma siamo entrambe da mozzafiato. Perché ho sempre pensato che fossimo in competizione? Il mondo è abbastanza grande perché ci sia spazio per la sua bellezza e per la mia. "Siediti adesso. Lo so che i piedi ti fanno un male cane." Genevieve non ha voluto fare la damigella d'onore, caso mai il travaglio arrivasse in anticipo, ma ha insistito per aiutarmi più che poteva nell'organizzazione del matrimonio, mentre io ero impegnatissima con la mia prima stagione fiscale da commercialista in proprio. "Hai fatto la stessa cosa per me," ha affermato quando ho cercato di oppormi, così ho ceduto. In effetti si è divertita nel cercare la sfumatura di rose che si abbinasse al mio abito da sposa blu.

Dopo alcuni minuti, sto percorrendo la navata per raggiungere l'altare dove due magnifici uomini mi stanno aspettando.

Orso e Sawyer raddrizzano la schiena vedendomi.

Sorrido a quello biondo mentre prendo il mio posto davanti a Orso. Il mio futuro marito.

"Come sei bella," dice con voce roca, così piano che solo io posso sentirlo. Si tocca il taschino, da cui spunta un riconoscibile pezzo di pizzo blu. Non è un fazzoletto. Oggi non mi ha permesso nel modo più assoluto di mettere le mutandine.

Le mie cosce si stringono e devo ricordare a me stessa che nessuno potrebbe accorgersene. Non che alla gente manchino i motivi per giudicarci. Mentre aspettiamo che la cerimonia abbia inizio, mi accorgo che zia Jen si è accaparrata un posto in prima fila, nel primo banco.

"Ho sentito dire che usciva con tutti e due," sussurra a una sua amica con i capelli azzurrati. La sua espressione contratta sta dicendo: *che troia!*

"Davvero?" sibila la signora con i capelli azzurri. "Beata lei." La tipa azzurra allunga il collo per esaminare meglio i miei due uomini, mentre la funzione ha inizio.

Se solo sapesse. Sto con Orso adesso. Le sue società sono state i miei primi clienti da quando mi sono messa in proprio. Sawyer viaggia per la maggior parte dell'anno, guadagnando abbastanza come fotografo da potersi permettere di fare surf. Ogni volta che torna in città, lo invitiamo a giocare un po' con noi…

Perciò, non sono sorpresa alla cena del ricevimento quando Orso si china verso di me.

"Ho un regalo per te," mi bisbiglia all'orecchio. "Sawyer è libero stasera, se vuoi che si unisca a noi." Si raddrizza di nuovo sulla sedia e mi lancia un'ondata indagatrice.

Mi umetto le labbra. "Ma, possiamo…?"

"Può venire a giocare. Purché non ti dimentichi che appartieni a me."

"Sì, paparino," sussurro. E mentre la folla ci acclama perché apriamo le danze, seguo Orso sulla pista, avvinghiando le mie generose curve al suo magnifico e gigantesco corpo. Nemmeno dall'alto dei miei tacchi vertiginosi, anche se mi alzo in punta di piedi e Orso si abbassa, riesco a vedere molto al di sopra delle sue ampie spalle.

Sawyer è sul bordo della pista da ballo. Alzo le sopracciglia e gli faccio l'occhiolino.

La macchina fotografica lampeggia, prima che lui l'abbassi e mi risponda con una strizzata d'occhio.

Piccolo brivido.

Mi rannicchio contro Orso. Prima notte di nozze, due uomini. Sarà meglio che mangi un po' di torta in più perché avrò bisogno di calorie.

Orso alza la testa sentendo che ridacchio.

"Cosa c'è, piccola?"

"Ti ricordi della nostra gara?"

"Certo."

Appoggio la guancia alla sua sussurrandogli all'orecchio: "L'ho vinta io."

* * *

Fine

ESTRATTO DA LA BELLA E I
BOSCAIOLI

"I personaggi sono descritti in maniera molto vivida... Assolutamente da leggere!" —Recensione su Bookbub

La bella e i boscaioli

Dopo quest'ultima stagione di taglio del bosco, chiuderò con il sesso. Per... un certo numero di ragioni.

Ma prima di ciò, devo finire un lavoretto che mi fa guadagnare diecimila dollari più vitto e alloggio per 'intrattenere' otto boscaioli. Otto tipi forti e robusti alla Paul Bunyan, abbastanza grossi da spezzarmi in due.

Mi possiedono completamente: corpo, mente e orgasmi.

* * *

Sierra

Una brezza gelida penetra attraverso la felpa pungendomi la pelle e spazza via tutto facendo volare cartacce e rifiuti sul marciapiede. Abbasso la testa sotto il cappuccio e mi stringo lo zaino sul petto, per proteggermi dal vento. Persino l'estate è fredda qui, all'estremo nord.

Mentre cammino, edifici disabitati mi osservano con i loro occhi spenti. A metà di un parcheggio vuoto, mi sale la nausea. Mi precipito in un vicolo in preda a conati di vomito. Non ho niente nello stomaco ma ho comunque i crampi, i muscoli si stringono come un pugno attorno al nulla. Mi accascio contro il muro sporco.

Non adesso, per favore. Non ho certo bisogno che mi venga anche la nausea oltre a tutto il resto. Infilo la mano nello zaino tutto macchiato per cercare la bottiglietta dell'acqua e bevo qualche sorso di liquido tiepido. Non so se il sapore metallico sia dovuto al fatto che è acqua del rubinetto, alla bottiglia di plastica o a qualche malattia misteriosa che mi sono beccata come ciliegina sulla torta. Forse è soltanto la fame. È molto, molto tempo che non faccio un pasto decente.

Il ruggito di marmitte di motocicletta mi spinge a nascondermi in fondo al vicolo. *Mi hanno trovata.* Mi stampo contro il muro, con dell'immondizia sotto i piedi, e trattengo il respiro. Chiudo gli occhi come un bambino. *Se io non vedo il mostro, il mostro non troverà me.*

Il rumore delle marmitte svanisce, sostituito dal rombo e dai sibili di un camion. *Non sono loro.* Sono scappata molto a nord, lontano, nel bel mezzo del nulla. Gli Hell Riders setacceranno le principali città del loro territorio, spostandosi verso sud. A nessuno sano di mente verrebbe in mente di scappare a nord.

Mi tremano le mani, un po' per la debolezza e un po' per la paura.

Dopo essere rimasta appoggiata al muro per qualche minuto, mi decido a muovermi. Più avanti, dall'altra parte della strada, una grande insegna indica il 'Randy's Place.' Attraverso la strada, in una corsa a ostacoli tra pavimentazione rotta e pozzanghere semi-ghiacciate, sussultando quando il fango mi inzacchera le scarpe di tela. Non sono nelle condizioni migliori per andare a mendicare un lavoro. Ma non avrò comunque bisogno di queste scarpe per fare la spogliarellista.

Appena arrivata sul marciapiede passa un camion, abbastanza vicino da schizzarmi i jeans di acqua sporca. Giusto l'ultimo tocco, in una fuga segnata da una sfortuna di merda. Ho pensato che potrei affrontare il colloquio in mutande e reggiseno. Randy ieri non sembrava troppo contento di vedermi: non so come faccio a essere convinta che oggi sarà diverso. Forse per la disperazione e il delirio provocati dalla pancia vuota.

Spero solo che mi dia una possibilità, so di essere abbastanza carina. Con un po' di cibo in corpo, saprò ritrovare tutte le qualità femminili di cui ho bisogno per poter contrattare. Ma per comprare del cibo ho bisogno di contanti e per ottenere i contanti ho bisogno di una serata ballando al palo.

Se fossi furba, lascerei questa piccola città, dove la migliore possibilità di lavoro è data da un night frequentato da camionisti. Ma non ho abbastanza soldi per scapparmene lontano da qui e non posso rischiare di farmi vedere in qualche città limitrofa. Gli Hell Riders controllano questa parte del paese.

L'unica speranza che ho di potermi nascondere è proprio in questo buco di posto, fatto di fango e pavimentazione stradale rotta, così piccolo che tutto quello che c'è sono due distributori di benzina, un emporio che vende di tutto - dalle motoseghe alla biancheria intima -, uno squallido ristorante aperto 24 ore su 24 e il locale di Randy.

L'insegna al neon è spenta, ma la porta è spalancata. Mi fermo nel corridoio, mi passo la mano tra i capelli e cerco di non pensare all'ultima volta che ho fatto una doccia. Forse Randy mi permetterà di darmi una rinfrescata in bagno, prima di piazzarmi a uno dei pali.

Prendo un bel respiro e attraverso l'ingresso buio. Sul palco è seduto un uomo, che fruga tra dei CD. È il proprietario dell'omonimo strip club, bruttissimo persino tra le ombre polverose del suo night. Grasso e quasi calvo, con dita tozze con le quali si sta grattando il collo facendo un rumore da carta vetrata.

Ma qui lui è il re, e lo sa perfettamente. Mi lancia un'occhiata facendo uno sbuffo disgustato mentre mi avvicino. Sento svanire le mie speranze, ma mi piazzo ugualmente davanti a lui.

"Voglio ballare."

"Pensavo di averti già detto di 'no'." Randy torna a scegliere i CD. "Non me ne faccio niente di una spogliarellista senza tette."

"Lascia che vada al palo per farti vedere quello che so fare." Sto bluffando. Non ho mai ballato nuda in vita mia. Ma ne so abbastanza di cosa piace in una donna ai ragazzi rudi. Crescere in un club di motociclisti è una buona scuola in questo senso.

"Te l'ho già detto. Non abbiamo bisogno di un'altra ballerina. Porta il tuo culo rinsecchito fuori di qui."

Vaffanculo. Me ne vado a grandi passi, facendo una deviazione verso il bagno all'ultimo secondo. Randy non mi ha nemmeno guardata in faccia.

Una volta in bagno mi lavo la faccia, mi guardo per bene e faccio una smorfia. Sono così pallida che la mia pelle è quasi traslucida. Ho delle occhiaie scure e infossate. Lo zaino, la mia unica proprietà, è sporchissimo, con schizzi di fango che nascondono le macchie molto peggiori che ci stanno sotto. A Randy basterebbe un'occhiata per capire che ho trascorso l'ultima notte rannicchiata nell'androne di un vicolo secondario, e che spero disperatamente di non doverlo rifare. Nel migliore dei casi ho un aspetto da far schifo, o forse di una in preda ai postumi di una sbornia. Mi tremano un po' le mani

164

mentre mi faccio un trucco leggero. Aspetterò qui finché non mi sentirò più come una tossica, poi uscirò e insisterò perché il proprietario di questo locale elegante mi dia un'altra possibilità. Mi umilierò e farò la sexy. Farò tutto quello che c'è bisogno di fare, anche succhiare il cazzo a Randy.

Quando finalmente trovo il coraggio di uscire dal bagno, una voce profonda riempie il night. Scivolo fuori dal bagno rimanendo nell'ombra.

Randy il grassone ha qualcun altro che gli sta chiedendo qualcosa.

"Lasciami almeno parlare." Un uomo grande e grosso sta allargando le mani. Le sue spalle larghe mi coprono la vista di Randy. Il nuovo arrivato è grosso, ma non perché è grasso. Dal modo in cui riempie i jeans e la camicia di flanella, si direbbe tutto muscoli.

"Nessuna delle mie ragazze lascerà questo posto per andare a far servizio da un branco di…"

"Paghiamo bene. Vitto e alloggio e diecimila dollari a fine stagione. Anche di più se farà un buon lavoro. I miei ragazzi potrebbero darle delle mance."

Abbraccio il muro, mentre le parole che ho appena sentito si irradiano dentro di me. *Vitto e alloggio e diecimila dollari.*

"Ah," grugnisce Randy. "Non ti permetterò di portarmi via le mie ragazze. Qui sono sistemate bene e lo sanno. L'estate è alta stagione. Nessuna di loro sarà disposta ad andare nel buco del culo del mondo a ballare per un branco di luridi boscaioli."

"Avevo solo pensato…"

"La risposta è 'neanche per il cazzo.' E adesso levati dai coglioni. Se sento che rimani in giro per parlarne alle mie ragazze, chiederò a Bernie di fare in modo che tu recepisca il messaggio. Bernie!" urla Randy, e un omaccione tatuato compare dall'oscurità densa di fumo e pianta i pugni sul bancone del bar, sporgendosi in avanti come un gorilla.

Randy sogghigna. "Bernie non parla molto, preferisce usare i pugni. Ci siamo capiti?"

Scuotendo la testa, il tipo grosso gira sui tacchi. Io mi rimpicciolisco nell'ombra e guardo i suoi stivali passarmi davanti.

Gli lancio una rapida occhiata in viso - barba nera e folta su una mascella serrata - prima che spinga la porta con la mano spalancandola. Mi ritrovo a seguirlo prima ancora di provare a trattenermi.

"Ehi, tu," grida Randy vedendomi. "Fuori di qui. Non ho bisogno di altre ballerine." Me ne vado prima che chiami il buttafuori per cacciare il mio 'culo rinsecchito.'

Mi affretto su per il marciapiede, inseguendo il tipo grosso. "Ehi!" gli urlo, ma mi esce soltanto un sussurro rauco. Lui continua a camminare. Ha una bella falcata, lunga e sciolta. Jeans scoloriti, macchiati ma lavati di fresco. Stivali e una maglietta termica sotto una camicia di flanella a quadri. Ha l'aria di un boscaiolo, di un tipo di quelli robusti cresciuto qui in mezzo ai pini.

Fatti coraggio.

"Scusa." Mi avvicino abbastanza da toccargli il gomito. Si gira di colpo e mi guarda con uno sguardo bieco, con le nere sopracciglia aggrottate e un'espressione imbronciata sotto la barba. Cerco di non rabbrividire.

"Ehm... hai detto che stai cercando una ragazza per l'intrattenimento?"

I suoi occhi percorrono rapidamente la mia corporatura esile.

Alzo il mento e gonfio un po' il petto. "Io ci sto."

Si limita a guardarmi. Ha la mascella squadrata e dura sotto la barba nera e ispida.

"Lavori lì?" Fa un cenno con la testa verso l'insegna al neon del locale di Randy.

"Non ancora. Stavo per fare domanda, ma mi piace di più la tua offerta."

Distoglie lo sguardo per un attimo, e mi accorgo che sta cercando un modo per scaricarmi.

"Dove starei?" dico precedendolo.

"In un campo per il taglio degli alberi, circa cinquanta miglia a nord di qui."

"Non pensavo ci fosse niente più a nord di questa città," dico per cercare di scherzare.

"E infatti non c'è niente. Il campo è in un posto sperduto. Solo orsi, alberi e noi."

Perché, tu non sei un orso? Evito di fare la battuta. "E volete solo una ballerina? Nient'altro?" Si alza una folata di vento e mi sento rabbrividire. La sola idea di togliermi i vestiti di dosso mi fa venire freddo.

Mi guarda per un istante, con uno sguardo distante come se io fossi invisibile.

"Hai mangiato?" grugnisce.

"Che cosa?"

"Colazione." Indica con la testa un ristorante in fondo alla strada. "Offro io. Così ne parliamo."

Lincoln

La ragazza entra nel separé, visibilmente rilassata dal fatto di trovarsi al caldo. È pelle e ossa, con dei jeans stretti e una felpa del cazzo. Una felpa col cappuccio, con l'ondata di freddo che c'è. Si direbbe che abbia appena finito le superiori.

Quando l'ho vista con la coda dell'occhio da Randy l'ho

presa per una tossica, ma dalla voce e dagli occhi sembra a posto. Le ci è voluto del coraggio per corrermi dietro, e questo lo rispetto.

La farò scaldare, le offrirò un buon pasto, le darò qualche soldo per comprarsi una giacca decente e poi potrò darle facilmente il benservito.

Si sta mordendo le labbra, le spalle sono curve. Eh no, cazzo, non voglio che abbia paura di me.

"Quanti anni hai?"

Si inumidisce le labbra. "Ventuno."

Non riesco a evitarmi uno sbuffo di scherno.

Affronta il mio sguardo scettico alzando orgogliosamente il mento. "Ecco qua." Fruga nello zaino che ha continuato a tenere stretto come se fosse un'ancora di salvezza. Butta sul tavolo un tesserino in plastica rettangolare. La sua carta d'identità.

Sierra Woodhouse. Donatrice di organi. Ha anche la patente da moto, cosa che la rende interessante. E sì, se ho fatto bene i calcoli, ha ventun anni.

Mi rilasso un po' di più. Sembra una ninfetta minorenne, ma a meno che i documenti non siano falsi, non lo è. Non mi piace per niente l'idea che una ragazza così giovane possa andare a lavorare in un posto come il night di Randy. Ma non mi pagano per preoccuparmi degli altri. Ognuno ha i propri casini nella vita. La cosa migliore di vivere lontano dalla civiltà è che non devo più avere a che fare con le stronzate della gente.

"Parlami del lavoro," mi chiede. In modo esuberante. È più determinata di come sembra.

"Prima mangiamo." Prendo in mano il menu. Il *Workman's special* in cima alla lista propone praticamente due porzioni di tutto ciò che offre il menu della prima colazione. Da queste parti sanno come nutrire i veri uomini. Lo ordino insieme a un caffè alla stanca cameriera, e aspetto che Sierra decida. Si sta mordendo il labbro, guardando il menu quasi con un'espressione dolorosa in volto. Non c'è niente che faccia male a uno stomaco vuoto come una possibile abbuffata.

"Faccia due caffè e due *special*." Restituisco il mio menu ma prendo quello di Sierra e lo poso sul tavolo. "Le faremo sapere se vogliamo qualcos'altro."

Sierra tiene lo sguardo abbassato sul tavolo, come se cercare di scegliere qualcosa da mangiare le avesse tolto ogni velleità. Le sue ciglia nere sono come macchie scure, sulla sua pelle pallida. Ha qualche lentiggine.

"Sei di queste parti?" chiedo.

"No. E tu?"

Faccio un sospiro. "Del Wisconsin. Credevo di essere abituato al freddo."

"E invece?"

"L'inferno non è caldo. L'inferno è gelato e, da novembre a maggio, si trova proprio qui."

"Quanto dista da qui il Circolo polare artico?"

"Non abbastanza. Qui ci sono soltanto due stagioni. L'inverno e quella in cui siamo adesso."

"E che stagione è quella in cui siamo adesso?"

"Quella dei moscerini e delle zanzare."

Mi guadagno un debole sorriso.

Rimango zitto finché non ci portano il cibo e le faccio segno di servirsi. Lei prova a fare l'educata, ma in realtà divora voracemente queste calorie a basso costo. Ordino un'altra tazza di caffè e aspetto che rallenti un po' prima di parlare.

"Allora, il lavoro."

I suoi occhi si spostano sui miei. Sono sorprendentemente verdi, leggermente a mandorla. Non deve avere origini caucasiche al cento per cento. Il viso è decente, sarebbe anche carina se non fosse così magra e scavata, ma gli occhi sono un casino belli.

"Ho una squadra di ragazzi su nel campo di taglio del bosco. Questa per noi è la stagione più intensa e non abbiamo tempo per prenderci giornate libere. Non voglio che i miei ragazzi corrano qui per cercare qualcosa."

"Per qualcosa intendi dire la 'fica.'" Non ha il minimo imbarazzo nel pronunciare la parola. "Ne vuoi una a disposizione."

Alzo le spalle. Mi era sembrata una buona idea quando mi è venuta. Adesso, non ne sono più così sicuro.

"Cosa comporta il lavoro? Come dire, quante ore?"

"Tutte le sere dovrai ballare. A parte quello fai cosa ti pare. Mangi con noi, ti fai lunghe dormite, fai le tue cose da ragazza…"

"Ci sto."

Mi appoggio allo schienale con un sospiro. Il separé scricchiola. "Hai mai fatto strip-tease prima d'ora?"

"No. Ma ho fatto la cameriera. Quanto potrà essere difficile togliersi i vestiti di dosso?"

La studio per un momento. Ha i polsi sottili, con delicate vene blu. Potrei spezzarglieli con una mano sola.

"Non sembra, ma sono una tipa tosta," continua. "Imparo in fretta. Accontenterò i tuoi ragazzi, te lo prometto."

"C'è dell'altro. I ragazzi potrebbero volere… di più."

"Posso fare anche quello." Incontra il mio sguardo guardandomi dritto negli occhi. Devo ammetterlo: il mio cazzo si rianima un po' di fronte alla sua audacia.

"Hai esperienza?" le chiedo, come se questo fosse un normale colloquio di lavoro.

"Non sono vergine, se è questo che mi stai chiedendo. La mia mammina mi ha spiegato delle api e dei fiori."

Faccio una risata nasale. È schietta e sincera. Una boccata di aria fresca.

"Quindi saresti disposta a…"

Scrolla le spalle. "Posso fare qualunque cosa per quella cifra. Fare di tutto e farmi tutti."

La fisso. "Dovrai passare una visita medica. Pagheremo noi il dottore."

Ha un attimo di esitazione. "Okay."

Cazzo, cosa potrei dire per farla desistere? "Ci sono altri sette ragazzoni, tutti della mia stazza."

"Non mi romperò. Vi posso prendere tutti." I suoi occhi verdi mi trapanano.

Adesso mi ha davvero attizzato, ho il cazzo così duro che potrebbe perforare il tavolo. "Cazzo," mormoro.

Il suo sguardo infuocato si trasforma in un sorrisetto granitico. "Sarà proprio quello di cui mi occuperò."

* * *

Fine dell'estratto

La bella e i boscaioli

ALTRI ROMANZI DI LEE SAVINO

ROMANCE CONTEMPORANEO

Romanzi Contemporanei

La bella e i boscaioli

Dopo quest'ultima stagione di taglio del bosco, chiuderò con il sesso. Per... un certo numero di ragioni.

Il principe scapestrato

Non mi innamorerò del mio arrogante e irritante capo che si proclama dio del sesso. No. Neanche per sogno.

Il Mio Daddy È Un Marine

Il mio fichissimo eroe dei marine vuole che lo chiami papà...

Romanzo Paranormale

La Saga dei Berserker. Questi valorosi guerrieri non si fermeranno di fronte a niente per rivendicare le loro compagne...Comincia con Venduta ai Berserker

Alfa ribelli, con Renee Rose (cattivi ragazzi licantropi) – comincia con Tentazione Alfa.

LA SAGA DEI BERSERKER

*Per più di un secolo, i guerrieri Berserker hanno combattuto e
ucciso per i re. Ma c'è un solo nemico che non possono sconfiggere:
la bestia dentro di sé.*

Venduta ai Berserker
Accoppiata ai Berserker

Allevata dai Berserker (solo per i fan più accaniti sulla lista e-
mail di Lee=)

Presa dai Berserker
Data ai Berserker
Rivendicata dai Berserker

BIOGRAFIA DELL'AUTRICE

Lee Savino ha in programma di conquistare il mondo, ma quasi ogni giorno le capita di non trovare le chiavi o il telefono, così rimane a casa a scrivere romance "smexy" (smart + sexy). Adora il cioccolato, indossa sempre pantaloni da yoga e sta benissimo con i cappelli.

Se vuoi un po' di sano divertimento, unisciti al suo gruppo di dee (Goddess Group) su Facebook o visita il sito www. leesavino.com per iscriverti alla newsletter e ricevere un libro in omaggio.

Sito Web: www.leesavino.com
    Goddess Group su Facebook: https://www.facebook. com/groups/LeeSavino/

COPYRIGHT DEL TESTO

www.ingramcontent.com/pod-product-compliance
Lightning Source LLC
Chambersburg PA
CBHW020910180626
46816CB00007BA/2330